as madonas de Leningrado

Debra Dean

As madonas de Leningrado

Tradução
Alda Lima

Rio de Janeiro, 2018

Copyright © 2006 by Debra Dean
Título original: *The Madonnas of Leningrad*

Direitos de edição da obra em língua portuguesa no Brasil adquiridos pela Casa dos Livros Editora LTDA. Todos os direitos reservados. Nenhuma parte desta obra pode ser apropriada e estocada em sistema de banco de dados ou processo similar, em qualquer forma ou meio, seja eletrônico, de fotocópia, gravação, etc., sem a permissão do detentor do copyright.

Contato:
Rua da Quitanda, 86, sala 218 – Centro – 20091-005
Rio de Janeiro – RJ – Brasil
Telefone: (21) 3175-1030
www.harpercollins.com.br

CIP-Brasil. Catalogação na Publicação
Sindicato Nacional dos Editores de Livros, RJ

D324m

Dean, Debra
As madonas de Leningrado / Debra Dean ; tradução Alda Lima. – 1. ed. – Rio de Janeiro : Harper Collins, 2018.

Tradução de: The Madonnas of Leningrad
ISBN 978-85-9508-361-5

1. Romance americano. I. Lima, Alda. II. Título.

18-50762	CDD: 813
	CDU: 82-31(73)

Meri Gleice Rodrigues de Souza – Bibliotecária CRB-7/6439

Para Cliff,
meu companheiro na jornada.

Mas agora sei que, enquanto a beleza viver,
também viverá meu poder de sofrer.

— ALEXANDER PUSHKIN

Por aqui, por favor. Estamos no Salão Espanhol das Claraboias. Os três salões foram projetados para exibir as maiores telas da coleção. Olhem para cima. A enorme abóboda e o friso são como um bolo de casamento, com arabescos esculpidos e folheados a ouro. Luzes iluminam os assoalhos de madeira da cor do trigo, e as paredes são pintadas de um vermelho intenso que imita a cobertura original de tecido. Cada um dos salões é decorado com vasos refinados, candelabros de chão, e tampos de mesa feitos de pedras semipreciosas pela técnica de mosaicos russa.

Por aqui, à nossa esquerda, há uma mesa com um pesado tecido branco. Três camponeses espanhóis estão almoçando. O sujeito do meio está levantando o decantador de vinho e nos oferecendo uma bebida. Claramente, eles estão se divertindo. Seu almoço é leve — um prato de sardinhas, uma romã e um pedaço de pão — mas é mais que o bastante. Um pedaço grande de pão, e pão branco ainda por cima, não o pão do cerco que é feito basicamente de lascas de madeira.

Os outros residentes do museu só recebem três pequenos pedaços de pão por dia. Pão do tamanho e da cor de pedrinhas. E às vezes batatas congeladas, batatas colhidas em um jardim na beira da cidade. Antes do cerco, o diretor Orbeli encomendou grandes quantidades de óleo de linhaça para repintar as paredes do museu. Fritamos os pedaços de batata no óleo de linhaça. Depois, quando as batatas e o óleo acabam, fazemos uma geleia com a cola usada para colar as molduras e a comemos.

O homem à direita, fazendo um sinal de positivo com o polegar, é provavelmente o artista. Diego Rodríguez de Silva y Velázquez. Isto é do início de seu período sevilhano, um tipo de pintura chamada *bodegones*, "cenas em tavernas".

É como se ela tivesse sido transportada para um mundo em duas dimensões, talvez um livro, e ela só existisse nesta página. Quando a página é virada, seja lá o que havia na página anterior desaparece de sua vista.

Marina se vê diante da pia da cozinha, segurando uma panela com água. Mas ela não faz ideia do porquê. Ela está enxaguando a panela? Ou acabou de enchê-la? É um quebra-cabeças. Às vezes ela precisa de toda a sua inteligência para montar o mundo com os fragmentos que recebe: uma lata aberta de café Folgers, uma embalagem de ovo na bancada, o leve cheiro de torrada. Café da manhã. Já comeu? Ela não consegue lembrar. Bem, está se sentindo com fome ou satisfeita? Com fome, conclui. E eis aqui o milagre de cinco ovos brancos reunidos numa embalagem de isopor. Ela quase pode sentir o gosto amarelo acetinado das gemas em sua boca. Vá em frente, diz a si mesma, coma.

Quando Dmitri, seu marido, entra na cozinha carregando os pratos vazios do café da manhã, ela está preparando mais ovos.

— O que está fazendo? — pergunta ele.

Ela repara nos pratos nas mãos dele, a mancha de gema seca numa tigela, a evidência de que ela já comeu, talvez há menos de dez minutos.

— Ainda estou com fome. — Na verdade, sua fome desapareceu, mas Marina diz aquilo assim mesmo.

Dmitri põe os pratos na bancada e pega a panela das mãos dela, colocando-a também na bancada. Seus lábios secos roçam sua nuca, e então ele a guia para fora da cozinha.

— O casamento — relembra ele. — Precisamos nos vestir. Elena ligou do hotel e avisou que está a caminho.

— Elena está aqui?

— Ela chegou ontem tarde da noite, lembra?

Marina não lembra de ter visto a filha, e tem certeza de que não poderia esquecer disso.

— Onde ela está?

— Ela passou a noite no aeroporto. Seu voo atrasou.

— Ela veio para o casamento?

— Sim.

Há um casamento nesse final de semana, mas ela não consegue lembrar quem está casando. Dmitri diz que ela já os conheceu, e não é que ela duvide dele, mas...

— Afinal, quem vai casar? — pergunta ela.

— Katie, a filha de Andrei. Com Cooper.

Katie é sua neta. Mas quem é Cooper? É de se imaginar que ela se lembraria daquele nome.

— Nós o conhecemos no Natal — explica Dmitri. — E o vimos novamente na casa de Andrei e Naureen há algumas semanas. Ele é bem alto. — Ele espera um esboço de reconhecimento, mas não há nada. — Você estava usando aquele vestido azul com as flores, e eles serviram salmão no jantar.

Nada ainda. Ela vê um sinal de desespero em seus olhos. Às vezes aquela expressão é sua única pista de que está faltando alguma coisa. Ela começa com o vestido. Azul. Um vestido azul

AS MADONAS DE LENINGRADO

florido. Como recompensa, ele aparece em sua memória. Ela o comprou na Penney's.

— Tem uma gola drapeada — anuncia Marina triunfalmente.

— Como é? — Seu marido franze o cenho.

— O vestido. E ramos de flores lilás. — Ela consegue se lembrar do tom exato do tecido. É do mesmo azul vivo do vestido usado pela Mulher de Azul.

Thomas Gainsborough. *Retrato da Duquesa de Beaufort*. Ela embalou aquele quadro durante a evacuação. Ela recorda de ter ajudado a retirá-lo da moldura dourada e, em seguida, da parte de trás que o mantinha esticado.

Seja lá o que anda se alimentando de seu cérebro, é algo que consome apenas as lembranças mais recentes, os momentos ainda verdes. Seu passado distante foi preservado, mais que preservado. Momentos que aconteceram em Leningrado há mais de sessenta anos reaparecem, vívidos, carnudos e perfumados.

No Hermitage, estão empacotando a galeria de quadros. Já passa da meia-noite, mas ainda está claro o suficiente para enxergar sem eletricidade. É final de junho de 1941, e aqui, tão ao norte, o sol mal se põe abaixo do horizonte. *Belye nochi*, são chamadas, as noites brancas. Ela está anestesiada de cansaço e seus olhos coçam por causa da serragem e do enchimento de algodão. Suas roupas estão velhas, e ela não dorme há dias. Há muito a ser feito. A cada 18 ou vinte horas ela escapa para uma das macas do exército na sala ao lado e cai rapidamente num sono sem sonhos. Não se pode realmente chamar de dormir. É mais como desaparecer por alguns momentos de cada vez. Como um interruptor sendo desligado. Depois de mais ou menos uma hora, o interruptor misteriosamente acende novamente, e meio que automaticamente ela levanta da maca e volta ao trabalho.

Todas as portas e janelas estão escancaradas para o que resta de luz, mas ainda está muito úmido. Os aviões zumbem e circulam, mas ela já parou de se encolher quando escuta um deles diretamente sobre sua cabeça. No espaço de alguns dias e noites os aviões se tornaram parte desse estranho sonho, ao mesmo tempo tangíveis e irreais.

No domingo de manhã, a Alemanha atacou sem aviso. Ninguém, nem mesmo Stalin pelo que parece, conseguiu prever. Ninguém exceto o diretor Orbeli, o chefe do museu. De que outra maneira explicar o plano detalhado de evacuação que surgiu quase ao mesmo tempo em que a notícia do ataque foi transmitida no rádio? Nessa lista, toda pintura, toda estátua, quase todo objeto que o museu possui foi numerado e organizado de acordo com o tamanho. Mais incrível ainda, caixotes e caixas de madeira foram trazidos do porão com os números correspondentes já anotados em suas tampas. Quilômetros de papéis para empacotar, montanhas de algodão e serragem, tubos para as pinturas, tudo isso parecia como se predeterminado.

Ela e Tamara, outra guia do museu, tinham acabado de remover o Gainsborough de sua moldura. Não é uma de suas pinturas preferidas. A imagem é a de uma mulher paparicada com cabelos cheios de pó, enrolados e empilhados ridiculamente alto, arrematados por um chapéu bobo de plumas. Mesmo assim, quando Marina está prestes a colocar a tela entre folhas de papel lubrificadas, ela fica impressionada ao notar como a figura parece nua fora de sua moldura. A mão direita da dama segura seu xale azul protetoramente sobre o seio. Ela encara através do espectador, os olhos escuros transfixados. O que Marina sempre considerou um olhar vago subitamente parece triste e calmo, como se essa mulher de uma classe dominante de tanto tempo atrás pudesse prever que seu destino está prestes a mudar outra vez.

— Parece um pouco que ela pode ver o futuro — comenta Marina com Tamara.

— Hmm. Quem? — Dmitri, inexplicavelmente, está em pé junto à janela do quarto deles, erguendo um vestido azul, tocando em sua gola.

— A Mulher de Azul. A pintura de Gainsborough.

— É melhor terminarmos de nos arrumar. Elena estará aqui a qualquer minuto.

— Aonde vamos?

— Ao casamento de Katie.

— Sim, é claro. — Ela dá as costas para Dmitri e começa a remexer seu porta-joias. Um casamento, então ela precisa se enfeitar. Ela vai usar os... as coisas que se penduram nas orelhas, que eram de sua mãe. Ela consegue vê-los claramente, mas não encontra a palavra. Nem os objetos em si. Ela poderia perguntar a Dmitri onde eles foram parar, mas primeiro precisa da palavra. Os... o quê, de sua mãe? Eles são dourados e delicados, e têm pequenos rubis. Ela consegue imaginá-los, mas não há uma palavra acompanhando a imagem, nem em inglês, nem em russo.

Marina sabe o que está acontecendo com ela; ela não é tola. Algo está devorando sua memória. Ela pegou uma gripe (no último inverno? Dois invernos atrás?) e quase morreu. Ela, que sempre se orgulhou de nunca ficar doente, que sobreviveu ao inverno da fome, estava fraca demais para ficar de pé. Dmitri a encontrou caída ao pé da cama. Ela perdeu dias inteiros, uma semana passada em branco. Quando voltou ao mundo dos vivos, estava mudada.

Esta é sua explicação. Há mais uma. Depois que Dmitri encontrou a caderneta de Marina no forno, eles foram ao médico e ele fez algumas perguntas. Foi como fazer as provas na academia de arte de novo, encontrando respostas para uma barreira de perguntas aleatórias feitas por seus professores. Cite os maiores artistas da escola florentina e alguns de seus trabalhos, incluindo as datas e proveniências. Que dia é hoje? Descreva os processos técnicos e materiais usados na criação do afresco. Vou citar três objetos e quero que os repita de volta para mim: rua, banana, martelo. Identifique quais dos seguintes trabalhos estão agora na coleção permanente do Museu Estadual de Leningrado e quais estão em Moscou no de Belas Artes. Gostaria que você contasse de trás para a frente de cem até sete. Pode repetir para mim os três objetos que mencionei instantes atrás?

Ela passava em suas provas com distinção. Mas o médico, apesar de gentil, não ficou impressionado. Explicou que ela estava idosa e que sua confusão era uma daquelas infelizes, mas não incomuns, alterações que vinham com a velhice. Dmitri e ela ganharam um pacote com materiais e uma folha com prescrições, e o conselho de que paciência e vigilância eram o melhor caminho.

Como às vezes esquece de desligar o fogo, Marina agora só usa o fogão se Dmitri estiver presente, e mesmo assim só para esquentar água para o chá. Até os pratos que ela sabia cozinhar de cor acabaram arruinados com frequência, uma xícara de farinha que faltou ou algo misterioso que foi acrescentado. Agora ela raramente cozinha. Dmitri assumiu a maior parte de suas tarefas, não apenas cozinhar, mas também fazer compras e lavar. E tem também uma moça que vem limpar, apesar de Marina quase não suportar isso. Ela tenta ajudar a moça, ou pelo menos lhe preparar chá, mas a garota insiste que foi contratada para fazer um trabalho e que Marina só precisa relaxar.

— Apenas ponha os pés para o alto e viva como uma princesa — pede a garota — É o que eu faria.

Marina tenta explicar que ninguém deveria ficar parado olhando para o teto enquanto outros trabalham para ela, mas não adianta. Elas finalmente chegaram a um acordo segundo o qual a moça permite que Marina espane o pó.

Dmitri colocou as roupas dela sobre a cama: uma calça, uma blusa de tricô, e um suéter.

Ela não quer criticá-lo, mas tem certeza de que é casual demais. Dmitri nunca teve muita noção do que era certo vestir. Se deixado por sua própria conta, é capaz de combinar calça marrom com uma camisa xadrez vermelha e sapatos sociais pretos. Ela nunca chegou ao ponto de escolher as roupas dele, mas dava sugestões discretas, conduzindo-o a outra gravata ou dizendo-lhe como o apreciava em determinada camisa.

— Talvez eu devesse usar um vestido? — pergunta ela.

— Acho que pode se quiser, mas isso parece mais confortável. É uma longa viagem de carro.

— E depois vamos nos trocar para o casamento?

— O casamento é amanhã. Hoje vamos até a ilha. Esta noite haverá um jantar para conhecermos a família de Cooper.

— Entendo. — Ela não entendeu nada, mas por ora vai parar de tentar.

— Vamos, querida, levante — pede ele.

Ela levanta os braços e Dmitri tira sua camisola pela cabeça. Quando sua cabeça reaparece, ela vê um corpo nu refletido na porta espelhada do armário. É um choque, essa velha carcaça murcha. Na maior parte do tempo ela não olha. Mas quando o

DEBRA DEAN

faz, a imagem que vê, por mais que seja vagamente familiar, não é ela mesma. Mas é um corpo do qual ela se lembra, algo na pele manchada, pálida como um peixe e quase translúcida. A maneira como a pele despenca flacidamente dos braços e joelhos. E os seios caídos e vazios. A barriga estufada. É como o corpo que ela teve durante o primeiro inverno do cerco. É isso. Com algumas diferenças, é claro. Para começar está mais mole, sem os ossos protuberantes. Mas é uma criatura tão estranha quanto aquele outro corpo. Teimoso também, resistindo à sua vontade com a mesma indiferença, como se realmente pertencesse a outra pessoa.

Ela entra cuidadosamente na calcinha que Dmitri segura a seus pés. Quando ele lhe estende o sutiã, ela levanta cada um dos seios e os acomoda nas taças. Em suas costas, ela sente os dedos artríticos do marido lutando para fechar a peça.

Ocorre a ela que provavelmente ela está tão velha quanto Anya, uma das babushkas do Hermitage. Havia uma frota de velhas senhoras na equipe, a maioria atendentes que ficavam nos salões de olho nas pinturas e advertindo aos visitantes que não tocassem as obras. Anya era uma anciã. A velha mulher se lembrava do dia em que Alexandre II fora assassinado, e contava à Marina histórias fantásticas sobre as festas que a imperatriz dava no Palácio de Inverno. Anya era uma remanescente do velho mundo capitalista, uma época que parecera a Marina tão distante quanto a Grécia Antiga. Agora, reconsiderando, ela acha que podem ter sido apenas trinta ou quarenta anos antes de seu próprio nascimento, não tanto tempo, na verdade.

— Quando Alexandre II foi assassinado?

— Ah, por... Eu não sei, Marina. — Ela nota o toque de irritação no tom de voz de seu marido. Ele ainda está às voltas com o sutiã. Ela precisa tentar ficar presente.

18

— Não precisa fechar todos — aconselha ela.

— Estou quase conseguindo. — O rosto dele está ocultado por suas costas de forma que ela não consegue ver sua expressão, mas não precisa. Quando ele se concentra desse jeito, morde o lábio inferior.

— O que vamos almoçar? — pergunta ela alegremente.

— Elena está vindo nos buscar. Aí vamos de carro até Anacortes. Vamos comer alguma coisa na balsa, provavelmente.

— Sim, sei disso — mente ela. — Mas podemos fazer sanduíches para levar.

Ele fecha o sutiã triunfantemente e se levanta, aparecendo atrás dela no espelho. Dmitri também está mudado, seu belo e jovem marido substituído por esse velhinho de cabelos brancos. É como se seu rosto tivesse derretido, poças de pele frouxa se formando sob os olhos, a um dia firme mandíbula pingando em pelancas. As orelhas dele estão compridas como as de um cão de caça.

— Certo, e agora? Blusa. Mãos para cima, senhorinha. — Ela ergue os braços novamente e os dois desaparecem.

Aqui estamos, no hall de arte francesa. A sala é delicada como uma respiração suspensa, as paredes pálidas como uma pomba se curvando sob abóbodas neoclássicas, o piso incrustado um minueto de repetidos círculos e voltas. E logo aqui, contra a extensa parede, está uma jovem num lindo e pesado vestido de cetim. Nas sombras, semioculto atrás de uma porta, está seu jovem, e ele está beijando seu rosto. Apesar de ainda não ter nos visto, ela está alerta como um cervo, escutando atentamente, esperando ser interrompida a qualquer momento pelas mulheres da sala ao lado. A garota está pronta para correr. A longa e sinuosa linha de seu torso se esquiva do delicado contato do beijo, através de seu braço estendido, e então evaporar para dentro das dobras transparentes de uma echarpe.

Fragonard deu ao quadro o nome de *O Beijo Roubado*, mas o rapaz não está roubando nada dela. O momento é que é roubado antes de ela ser chamada para fora.

É como desaparecer por alguns instantes de cada vez, como uma luz sendo apagada. Pouco tempo depois, a luz misteriosamente reacende. Quando abre os olhos, o rosto de seu amigo Dmitri está diante dela. Ela tem a sensação de que ele a estava observando.

Eles mal se viram desde o começo da guerra. Apesar de o batalhão dele estar treinando na Praça do Palácio durante a última semana, apesar de ela ter ouvido os gritos de ordem e as batidas de pés marchando através das janelas abertas do Hermitage, e de saber que ele estava no máximo a poucas centenas de metros de distância, simplesmente não tem havido tempo.

— Vim levá-la para sair. Não preciso reportar ao quartel até o amanhecer, e quero levar você para jantar.

— Jantar? Que horas são?

— Quase nove.

— Da noite?

Ela está sempre desorientada agora. Os funcionários do Hermitage têm empacotado quase o dia inteiro há semanas, comendo sanduíches trazidos para as galerias, escapando apenas para ir ao banheiro. Na primeira semana, eles encaixotaram mais de meio milhão de peças de arte e artefatos. E então, na última noite de junho, um interminável desfile de caminhões levou os caixotes embora. Um trem com 22 vagões, armado com metralhadoras, esperou no armazém de mercadorias para levar a inestimável carga para longe, o destino um segredo de estado. Caminhando de volta para os salões, pelas terras devastadas de papel rasgado, Marina desviou os olhos. Muitos dos mais velhos choravam.

Mas aquilo foi apenas a ponta visível da coleção, as obras de arte em exibição permanente. Desde então, eles têm embalado centenas de milhares de itens adicionais, pinturas e desenhos menores, esculturas, joias e moedas, coleções de prata e fragmentos de poesia. Um segundo trem vai partir em dois dias, e ainda não existe nem previsão do fim.

No entanto, por algum motivo inimaginável para Marina, ela foi liberada até amanhã de manhã, quando deverá se reportar de volta ao serviço na prevenção de ataques aéreos como guarda de fogo. Dmitri fez algum tipo de acordo com a mulher da fábrica de porcelana Lomonosov, que está coordenando a embalagem de itens frágeis; ele não lhe revelou mais nenhum detalhe, e a camarada Markovish só disse que Dmitri promete dar à primeira filha dos dois o nome dela. Ela pisca para Dmitri e acrescenta:

— Mas ele não perguntou meu primeiro nome.

— Sinto muito, camarada Markovish. Qual é seu nome?

— Ah, tarde demais, camarada Buriakov — provoca ela. — O acordo já foi feito. — Ela se dirige a Marina: — Vá em frente. Só não diga nada às outras garotas. Não posso abrir mão de mais uma pessoa.

Dmitri e ela passam de sala em sala, serpentando um labirinto de caixas seladas e etiquetadas e dúzias de mulheres enfileiradas junto às mesas cheias de porcelanas ou ajoelhadas no chão numa floresta de candelabros de prata. Marina sente vergonha por estar fugindo por uma simples refeição, mas quando os dois saem ao ar livre e ela sente a brisa do rio Neva, ela esquece a vergonha. Ela inspira fundo e se sente revivendo. Exceto pelas vezes em que corre até o terraço a cada vez que as sirenes de ataque aéreo tocam, ela mal sai, só foi para casa algumas vezes, e mesmo assim apenas por tempo suficiente para tomar banho e colocar roupas limpas que sua tia lavou para ela.

— Para onde estamos indo? — pergunta ela.

— Você vai ver — responde Dmitri misteriosamente.

Ele pega seu braço e a guia pelos nós de caminhantes noturnos, atravessando a Praça do Palácio, sob o arco triunfal, e até a avenida Niévski, a principal da cidade. Em poucas semanas, a cidade foi transformada. O pináculo da Catedral de São Pedro e São Paulo está enrolado por cordame camuflado, a torre do Almirantado manchada de tinta cinza. Eles passam por vitrines que estão cobertas por tiras de papel para evitar que estilhacem no caso de bombardeios. A vitrine de uma farmácia está coberta por um desenho de renda de flores e cruzes tão elaborado quanto um ovo Fabergé. Depois de mais algumas quadras, Dmitri dobra a esquina na rua Mikhailovskaya e para na frente da entrada do Hotel Grand Europa. Suas janelas de vidro laminado estão escondidas atrás de uma montanha de sacos de areia, mas as portas da frente estão abertas e ela escuta música vindo do interior.

— Ah, não, Dima. Não posso entrar aí. Olhe só para mim.

— O Hotel Grand Europa é lendário por sua elegância, e Marina ainda está usando seu vestido azul de trabalho.

— Você está linda — diz ele. — Por que se importa com o que vão pensar? Conhece alguém lá dentro?

— Mas é terrivelmente caro.

— É mesmo. Mas para que estou guardando meu dinheiro?

— A pergunta não é retórica; ele está esperando ela responder.

Como se pudesse ler seus pensamentos, ele diz:

— Não estou sendo imprudente, Marina. Eu posso muito bem gastar agora. Suspeito que o rublo não vá valer uma casca de ovo quando eu voltar. — Ele pega sua mão. — Por favor, faça isso. É uma noite especial.

Ela não consegue imaginar o que haveria de especial nessa noite, exceto que toda noite é especial agora. Todo dia, toda noite, desde que a guerra começou, tem sido tomada de uma nova intensidade, da consciência de que o mundo está prestes a mudar. É estranhamente estimulante. Existe a possibilidade de, quando tudo terminar, a União Soviética ser um lugar melhor. Ela está pronta para mudanças, qualquer mudança.

A grande sala de jantar em estilo art déco está animada, as mesas ocupadas. Incrível como o mundo pode mudar de eixo e ainda assim as pessoas continuarem a andar eretas, viver suas vidas, jantar em restaurantes, fazer planos. A não ser pela incongruidade das máscaras de gás penduradas nos pescoços de clientes finamente vestidos, você poderia pensar que a guerra pairando lá fora fosse uma ficção. Um harpista cria música delicada do ar, e palmeiras oscilam sob a luz colorida de uma claraboia de vitral.

O maître os guia pelo salão até uma mesa de canto. Puxa a cadeira para Marina, e com floreio abre um guardanapo de linho e o coloca no colo dela. Como mágica, um garçom aparece ao lado de Dmitri.

Dmitri pede champanhe e caviar osetra, mas o garçom avalia o jovem casal e confidencia que o caviar não vale realmente o roubo que está custando hoje em dia. Ele olha discretamente ao redor e acrescenta:

— O secretário Kuznetsov em pessoa esteve aqui para jantar mais cedo, e falei a mesma coisa a ele. Ele escolheu então um peixe à solyanka muito bom, seguido por esturjão ao creme com batatas e salada de pepino e tomate.

Dmitri agradece ao garçom e concorda que eles não poderiam seguir opção melhor do que a sábia escolha do secretário do partido.

Realmente é um jantar delicioso e, apesar de seu cansaço, Marina percebe que está aproveitando imensamente. Dmitri está quieto, mas Marina preenche os silêncios contando a ele sobre o progresso do trabalho no museu.

— Estou empacotando coisas que nunca vi. Eu simplesmente não fazia ideia. Você faz as suas rotas de sempre no museu, vendo as mesmas obras todo dia, e esquece que há muito mais que não está à mostra. Acho que ninguém, exceto Orbeli, é claro, tinha ideia do quanto mais havia para retirar. Às vezes é arrebatador.

Ela suspirou e confessou: Esta manhã tive um momento estranho. — Marina jamais admitiria isso a ninguém a não ser Dmitri. — Eu estava embalando um conjunto de porcelana Delft belga do século XVIII. Cada prato tem uma cena diferente dessa cidade em particular. Elas são tão detalhadas, quase como pinturas, só que todas em azul e branco. Por horas foi apenas azul e branco, azul e branco, prato após prato, todas essas detalhadas cenas de casas e canais e leiteiras. E suponho que eu já estava sonhando acordada, porque estava embalando um prato em particular — ele continha a imagem a fachada de uma casa, e havia uma mancha vermelho vivo na porta. Achei estranho, mas talvez fosse uma referência religiosa. Mas então, quando olhei o prato seguinte, notei um respingo vermelho na água do canal. E depois mais vermelho. E então todo prato que eu pegava, quando olhava, via sangue na cena. Meus pelos da nuca se arrepiaram e fiquei um pouco em pânico até perceber que vinha de mim. Meu nariz estava sangrando. Nada alarmante, só de ficar curvada para a frente por tanto tempo. Está acontecendo com todo mundo, mas acho que eu estava tão cansada que simplesmente não me ocorreu. Sei que parece bobagem, mas em certo momento e achei que estava tendo uma visão. — Ela ri de sua própria tolice. "Vou ficar tão feliz quando terminarmos a porcelana. É tão delicada que me dá nos nervos. Juro, só de xícaras devem ser milhares. Você tinha que vê-las, Dima. Algumas são tão finas que a luz as atravessa. E acabou o enchimento de algodão, então cada uma deve ser embrulhada em papel e acomodada sobre mais papel rasgado, e parecem prestes a quebrar só de alguém respirar em cima delas. E tem ainda todos os pratos e pires e peças para servir. Podíamos convidar Leningrado inteira para jantar e não nos faltariam pratos."

Ela para quando nota que os pensamentos de Dmitri parecem estar em outro lugar.

— Sinto muito — diz ela. — Não nos vemos há dias e estou tagarelando sobre pratos. Você também parece cansado. Estão dando muito trabalho a vocês?

Dmitri observa os dorsos de suas mãos por um instante antes de olhá-la de novo nos olhos.

— Vamos partir de manhã.

Marina fica muda em choque. Eles estão treinando há apenas dez dias, não o mês inteiro como era esperado, e não são soldados mas voluntários do Exército Popular, a maioria homens de meia-idade sem experiência militar. Apesar de Dmitri ser mais jovem que a maioria de seus camaradas, ele não parece mais convincente como soldado. Está usando sua camisa sem gola de sempre, e uma calça de tecido leve larga em seu corpo magrela. Um jornal está enfiado no bolso da calça e um lápis no bolso da camisa. Com seus cabelos longos e lisos e óculos de aro de metal, ele parece exatamente o que é, um estudante de literatura que apenas leu sobre guerra.

— Como podem ir tão cedo? Vocês nem têm uniforme ainda — questiona ela, como se um uniforme fosse ajudar na ilusão.

Ele bate em sua braçadeira com a insígnia do Exército Popular dos Voluntários.

— Não precisamos de uniforme, Marina. — Então acrescenta quase que para si mesmo: — Precisamos é de mais alguns rifles.

O garçom traz o chá. Ela envolve a porcelana quente com as palmas das mãos, soprando o vapor e encarando as folhas de chá no fundo da xícara.

— Para onde vão? — pergunta ela finalmente.

— Não podemos dizer, mas certamente você consegue adivinhar.

Ele deve estar falando da linha de Luga. Toda manhã chegam notícias da retirada do Exército Vermelho. Alguns especulam que eles estão recuando meramente como um truque para trazer os alemães para dentro do território inimigo e então cercá-los. Mas seja lá qual for o motivo, o rio Luga é onde o exército terá que ficar firme. A cerca de 80 quilômetros ao sul da cidade fica o último reduto de fortificações entre a Alemanha e Leningrado. Em preparação, milhares de cidadãos foram convocados para cavar trincheiras e construir muralhas de armas lá. Todo dia, mais alguns empacotadores do museu Hermitage são levados de seu trabalho, recebem pás e são postos nos trens rumo ao sul. Até alunos do ensino médio foram recrutados para o trabalho.

— Se estão mandando até estudantes para lá — avalia Marina —, não pode ser tão ruim, certo? — Ela não quer pensar como ele vai fazer.

— Eu vou voltar, Marina. Eu prometo.

— Como assim? É claro que vai. Estão dizendo que serão algumas semanas. — É esse o prazo que tem sido anunciado por todo oficial no rádio e no *Pravda*, mas quando ela o diz em voz alta para Dmitri, vê nos olhos dele que pode muito bem ser mentira.

— Talvez — diz ele. — Podemos ter esperança. Mas a guerra nunca é tão fácil quanto prometem.

A Terra se inclina um pouco mais e ela se sente escorregando. Em todas essas semanas de empacotamentos e preparações apressadas, jamais lhe ocorrera ter medo. Nada daquilo parecia ser muito real. Mas quando as pessoas partem, elas não voltam. Essa tem sido sua experiência. Isso é real.

Quando saem do restaurante já é quase meia-noite. A cidade está banhada nos tons pastéis do anoitecer, como um cartão-postal colorido. O domo da Catedral de Santo Isaque brilha dourado. Acima deles, o céu está riscado de longas sombras roxas.

Eles caminham pelas margens do rio Moika e adentram por entre as sombras verdes do Parque Almirantado. A grama foi arada para cima em longas fileiras de trincheiras de ataque aéreo. Ele para sob uma árvore e vira para olhar para ela, com uma expressão solene.

— Tenho uma coisa para você. — Ele enfia a mão no bolso da camisa e tira um pequeno anel de ouro com uma opala. Não sei se é o seu tamanho. A mulher que o vendeu para mim tinha mãos parecidas com as suas.

Ele segura o anel hesitantemente.

— Quer casar comigo? Não agora. Mas quando eu voltar?

Ela nunca havia pensado em casar com Dmitri. Suas fantasias românticas sempre continham um amante futuro cujas aparência e qualidades eram um mistério sedutoramente nebuloso, não o garoto que havia sido seu companheiro por quase uma década.

AS MADONAS DE LENINGRADO

Ela tinha onze anos de idade quando prenderam seu pai. Três meses depois, a van preta voltou para buscar sua mãe, e a vida que ela conhecia acabou. Ela foi levada pelo irmão de sua mãe e sua esposa grávida e matriculada numa escola nova onde ninguém sabia de sua história ou a de sua família. Se alguém perguntasse, tio Viktor a instruíra, devia dizer que seus pais estavam viajando numa escavação arqueológica. Em algumas semanas, entretanto, os rumores chegaram a seus ouvidos. Seu novo círculo de colegas de classe se afastou e a deixou em meio a um turbilhão cada vez maior de cochichos. E ao lado dela estava Dmitri.

O pai dele havia sido preso pouco tempo antes do dela, mas diferentemente de Marina, Dmitri era silenciosamente desafiador. Ele deu a ela o exemplo de não se encolher diante de insinuações maldosas dos professores, de erguer o queixo quando os outros a tratassem como se ela pudesse infectá-los com alguma doença. Quando ela confessou que queria ser popular, ele riu, mas não por maldade, e respondeu que apenas pessoas comuns eram populares.

— É melhor aceitar, Marina — dissera ele. — Mesmo se seus pais fossem membros do partido, você jamais se encaixaria. Você é incomum. É melhor que ser popular se tiver um pouco de coragem.

Ela suspeitou que não tinha muita coragem, mas também não tinha muita escolha. Dmitri tinha razão. Durante todos os anos de escola ela tentou se misturar, e conseguiu, senão se encaixar, pelo menos não atrair atenção para si. Mas depois que seus pais foram acusados de dissidência política, ela ficou marcada, e até seus traços inofensivos e idiossincrasias viraram alimento. Ela era canhota e ruiva, ambos sinais de um caráter desordeiro e deficiente. Às vezes murmurava sozinha sem perceber, ou pior, se distraía na aula, apenas para ser chamada de volta à atenção pelos sons dos risinhos de seus colegas e a professora ladrando seu nome. Mesmo quando seus pares ficaram mais velhos e menos abertamente cruéis, Marina ainda via nos olhos deles — aquele recuo sutil quando ela fazia uma observação que lhe parecia perfeitamente normal.

Era só com Dmitri que Marina conseguia respirar tranquilamente e ser ela mesma. Ela sabia que podia contar a ele o que quer que estivesse pensando, que queria morar dentro de uma pintura de van Ruisdael, por exemplo, e ele avaliaria seriamente suas palavras e então perguntaria se ela poderia mesmo ser feliz num momento estático, não importa o quão idílico fosse.

Mais tarde, quando outros da mesma idade começavam a namorar, os dois começaram, desajeitadamente, a se beijar e a dar as mãos. Ele revelou que a achava bonita, uma ideia notável compartilhada por mais ninguém que ela conhecia a não ser um ocasional estranho rude nas ruas. Quando ele falou aquilo pela primeira vez, Marina presumiu que Dmitri se referia a uma beleza interior — ele sempre falava nesses termos românticos — mas não, ele afirmou, não estava falando de sua alma. Ela era fisicamente desejável. Mesmo assim, quando eles se beijaram, ela imaginou que estivessem só praticando para outros.

E, no entanto, parece que é para esse lugar que eles rumavam o tempo todo, e, mais uma vez, ela simplesmente não estava prestando atenção.

— Isso é abrupto demais — diz Dmitri, percebendo sua surpresa. — Pensei que, com a guerra... — Ele baixa o olhar para o anel, e o estuda como se procurando por falhas. — Eu amo você, Marina. Acho que devia ter dito isso, mas você deve saber.

As madonas de Leningrado

Àquela altura, ela já devia ter respondido.

— Eu também amo você — balbucia.

É verdade, apesar de ela se dar conta só depois de ter dito as palavras. Casar com Dima. Ela não teria adivinhado, mas de alguma maneira parece certo.

— Sim — responde ela assentindo. — É claro.

Ele sorri aliviado e pega sua mão. Quando ele tenta colocar a aliança no anelar dela, no entanto, a joia não entra. Ela recolhe a mão e tenta passar a aliança pela junta, então a tira e a desliza em seu dedo mindinho.

— Posso ajustar o tamanho — assegura ela. — É lindo. — Ela levanta a cabeça e o beija.

Eles se apoiam no tronco do plátano e se beijam, mas não como se beijaram no passado. Eles se beijam desesperadamente, até seus lábios ficarem ralados e inchados. Ele apalpa os seios dela por sobre o tecido do vestido. A princípio aquilo a faz se sentir agradavelmente tonta, mas então seus mamilos sensíveis começam a doer. Há uma nova e urgente expressão nos olhos dele. Ela sente o calor irradiando da pele dele, o tremor em seus dedos, e uma dureza persistente se empurrando contra sua coxa. Quando ela abaixa a mão e o toca com cautela, ele geme suavemente e aperta a mão dela ali com mais firmeza.

Isso é diferente. Na escultura, o órgão masculino está sempre flácido, uma minhoquinha mole aninhada entre coxas musculosas.

O que ela sabe sobre sexo está confinado na maior parte ao que aprendeu estudando arte. É uma educação desigual, forte em anatomia mas fraca em desvendar os detalhes. Incontáveis pinturas retratam cenas de cortejos recatados, algumas sugerem lânguidos êxtases pós-coito, mas, a não ser por algumas peças orientais obscuras, há pouco material entre as duas coisas.

Dmitri para subitamente e se afasta dela. Ambos estão ofegantes.

— O que foi? — sussurra ela, com medo de tê-lo machucado.

— Não somos cachorros, Marina, que acasalam num parque.

Ela responde razoavelmente que eles não podem ir a outro lugar para ficarem sozinhos. Ela mora com sua tia, tio e dois primos mais novos; ele divide um apartamento comunitário com outros seis estudantes.

Ele assente solenemente e repete a resposta padrão da Comissão de Habitação quando se refere à perpétua falta de apartamentos em Leningrado:

— A privacidade é um conceito de sociedades degeneradas. — Ele tenta sorrir, embora pareça realmente estar sofrendo. — E então, você seria degenerada comigo, Marinochka?

Ela afirma com a cabeça e eles deslizam sem jeito até a grama. Quando ela sente as mãos dele mexendo no elástico de sua calcinha, ela a tira e deita. O que acontece a seguir, no entanto, a toma totalmente de surpresa: Dmitri não cabe. Ele empurra e empurra, e enquanto ela se pergunta se estão fazendo errado, uma dor lancinante a rasga de dentro para fora. Ela arfa e prende o fôlego contra a dor até achar que vai desmaiar. E então acaba e eles ficam deitados na grama cansados. Ela está quase fraca demais para se mexer, e há uma sensação de ardência terrível onde ele a penetrou. Ela toca por baixo da saia amarrotada e sente as dobras inchadas entre suas coxas. Elas estão quentes e meladas, e quando ela tira a mão de debaixo da saia, seus dedos estão cheios de sangue.

— Dima — diz ela, mostrando a mão.

Ele assente.

— É normal na primeira vez. Está doendo?

Ela afirma que sim. Ele a puxa para mais perto de si e afaga seus cabelos. Com a orelha contra o peito dele, Marina pode escutar sua pulsação, as batidas estáveis de seu coração, que parecem se acalmar conforme ela escuta. Ela se deixa levar pelas ondas do sangue dele, caindo no sono e despertando.

— Durma. Temos tempo — diz ele.

O sol mal se põe há semanas, suspenso sobre o horizonte como um fôlego retido. Nesse crepúsculo interminável, é fácil acreditar que o tempo seja elástico. Ele se estende diante dos dois, o futuro é tão indistinto que só pode estar bem longe.

Então o tempo se encolhe e volta para o presente num estalo. O relógio do Almirantado está soando. A luz é de um cinza perolado e o ar é fresco. Dmitri sacode o ombro dela. Ela senta e percebe que seu vestido está molhado de orvalho. Horas se passaram no espaço de um suspiro, e já é de manhã. Ele vai partir em breve. Ele prefere que ela não vá à estação. Mesmo se quisesse que ela fosse, já são mais de cinco horas e ela precisa se reportar ao escritório do diretor em menos de meia hora. Eles podem se despedir aqui. É melhor assim. Ele vai escrever. Ele a ama. Ele vai voltar.

Um homem esperando o bonde com uma lancheira numa das mãos e um jornal debaixo do braço testemunha o jovem casal saindo do meio das árvores do parque. A garota é desesperadamente bela, suas roupas amarrotadas, seus cabelos ruivos soltos sobre os ombros, sua face corada como fruta. Ela puxa a manga da camisa do jovem, diz alguma coisa e para. O jovem balança a cabeça negativamente. Pegando as mãos dela nas dele, fala muito seriamente com a garota. Então ele a beija suavemente na boca, dá meia-volta, e vai embora. É quando o homem vê a braçadeira dos voluntários. É uma história atemporal sendo reencenada, repetidamente, vezes e mais vezes, por séculos. Nada muda. Só que o próprio jovem casal não sabe disso.

Ela encara o jovem soldado por um tempo, e então ela mesma dá meia-volta e corre na direção oposta.

Dentro do Palácio de Inverno, aos pés da Escadaria do Jordão, alguém poderia acreditar que o tempo parou, que nada mudou em séculos. Os pilares de pedra sobem soberanamente até um céu pintado e habitado por deuses do Olimpo, e as paredes espelhadas parecem manter os reflexos cintilantes de gerações de soldados imperiais, seus sabres brilhando sob a luz fraca, e mulheres elegantes em enormes saias de cetim, com os colos adornados por gordas pérolas e os rostos escondidos por leques. Marina sobe os degraus de mármore, sobe, sobe, sobe, e para no final para recuperar o fôlego.

É aqui que começa o tour. Por dois anos ela guiou grupos escolares ou de operários pelo Hermitage. Eles se reuniam aqui para o começo da visita, ela lhes dava boas-vindas e começava citando quantos visitantes haviam passado por aquelas escadas antes deles.

— Esta escadaria foi projetada no século XVIII pelo arquiteto Francesco Bartolomeo Rastrelli. Reparem no luxuoso emprego de moldes de estuque folheados, a abundância de espelhos e mármore. E acima de nós, — ela dirigia seus olhares para o teto primorosamente pintado 15 metros acima, — o pintor italiano Gaspare Diziani retratou os deuses gregos no Olimpo.

DEBRA DEAN

— Todo este esplendor barroco tinha a intenção de impressionar dignitários em visita com a força e a riqueza da Rússia. Mas esta é só a entrada. O Museu Estadual de Leningrado é composto por quatrocentas salas em cinco prédios contíguos: o Palácio de Inverno, onde estamos agora, o Pequeno Hermitage, o Grande Hermitage, o Novo Hermitage, e o Teatro Hermitage. A arquitetura, como podem ver aqui, é magnífica. Mas o que é ainda mais notável é o que estes prédios contêm: a mais preciosa coleção de arte do mundo.

— Na sociedade pré-marxista, eram considerados propriedade privada da classe dominante, mas depois da Grande Revolução Socialista, foram liberados e devolvidos aos trabalhadores que os criaram. — Seu gesto de varredura direcionava os olhares até a base da grande escadaria e de volta para o altíssimo teto.

— Camaradas, tudo isso é de vocês.

Estas são as boas-vindas oficiais, criadas por algum funcionário do partido, mas para Marina não se trata de propaganda vazia. Ela mesma ainda fica impressionada: aquelas pinturas são dela. Ela é como uma amante que ainda vê seu amado na trêmula luz dourada do primeiro encontro.

Seu tio a trouxe aqui pela primeira vez pouco tempo depois de ela ir morar com eles. Foi no dia em que sua esposa foi para o hospital para dar à luz seu primeiro filho. Em vez de seguir os antigos costumes — deixar a sobrinha com as mulheres para sair com os homens e se embebedar — ele resolveu levá-la consigo ao museu, dizendo que ambos podiam aproveitar melhor o tempo em passatempos educativos. Ela ficara amargamente desapontada pela mudança de planos dele, pois até então estava ansiosa para ver o que só ouvira falar em sussurros. Nada que seu tio propusesse pareceria nem perto de tão interessante, disso ela já sabia.

Até hoje, ela ainda se lembra do choque, de como sua respiração ficou rasa e acelerada, quando passou pela primeira vez nesses salões dourados, de como cada corredor se abria como num sonho para mais uma sala. As paredes eram povoadas por rostos de senhores sérios e figuras nuas femininas, seus corpos representavam um choque quente de carne. Seu tio parecia não notar o que ela via. Ele ficou falando sobre aquisições e restaurações e sabe-se lá mais o que, enquanto ao redor deles anjos batiam as asas em céus turbulentos e serenas Madonas observavam de cima sua passagem. E as paisagens, uma após a outra, cintilando com a luz, cada moldura um portal para um novo mundo. A cabeça de Marina parecia voar, tonta, extasiada, saturada de cor. Ela tinha doze anos, e foi sua primeira experiência de paixão.

A galeria está quase vazia agora, mas Marina mal percebe. Ela está trotando pelos salões silenciosos e formais, seus saltos baixos batendo no piso de tacos. A corte fantasmagórica retrocede para as sombras.

Ela já está no futuro, em algum lugar que ela só pode levemente imaginar, mas que é muito diferente do que ela já conheceu.

Helen está rodando há meia hora num raio de seis quarteirões em volta da casa dos pais em busca de uma vaga para estacionar. Toda vez que passa pela casa, lembra de novo da conversa que teve com o irmão por telefone.

— É muita coisa para eles lidarem — disse, e ela tem que concordar que a casa começa a se assemelhar àquelas alugadas por estudantes no bairro, a grama rasteira com dentes-de-leão, a cerca precisando ser aparada.

Ela só passou por uma vaga para estacionar, que parecia ter exatamente o mesmo comprimento do Chevrolet Malibu que está guiando. Ela não se lembra da última vez que teve que fazer baliza, e não está disposta a encarar outro desafio nesta manhã, porém na quinta volta ela finalmente cede. Que diabo, o carro é alugado, racionaliza. Ela gira o volante e dá marcha à ré lentamente para a vaga, mas percebe que manobrou mal e sai de novo. Atrás dela, um garoto num jipe buzina de frustração. Ela manobra para a frente e para trás, girando o volante para um lado e avança lentamente, depois para o outro e dá ré, até bater no para-choque do carro de trás e disparar o alarme, estridente e desafinado. Totalmente abalada, ela abandona o carro torto na rua e sai correndo.

O plano era chegar ontem à tarde e ter um tempinho a sós com seus pais antes de irem todos juntos para a casa de Andrei de manhã. Mas hoje em dia, para fechar um grande aeroporto, basta um cabeça de vento entrar em pânico e correr para os portões quando o operador faz algumas perguntas. Ela não sabe se foi exatamente o que aconteceu; foi apenas o rumor que circulou mais tarde na esteira das bagagens. O que ela sabe é que eles sobrevoaram o aeroporto de Los Angeles por quase uma hora antes de o piloto anunciar algo sobre uma falha de segurança. Quando se deu conta, estavam desviando o voo para San Diego e entrando numa fila atrás de dúzias de outros aviões igualmente desviados amontoados para chegar ao terminal. Então vieram filas maiores que as de refugiados em todos os balcões de passagem, e o sorridente agente de olhos vazios na frente dela informando alegremente que havia um lugar num voo para Portland partindo em uma hora e que ela poderia pegar uma conexão até Seattle de lá. Depois de meia-noite, tarde demais para invadir a casa dos pais idosos, Helen finalmente se arrastou até o Holiday Inn Express no aeroporto Sea-Tac. Passou algumas horas infrutíferas tentando ignorar o barulho do trânsito e o trovão dos motores decolando antes de sair em meio a uma madrugada cor-de-rosa e cheia de diesel, alugar um carro, e arriscar a vida ao dirigir pela I-5 na hora do rush. Helen se sente esgotada e com as pernas bambas, dez anos mais velha do que se sentia na manhã de ontem, e ainda nem viu seus pais.

Então ela está quase cansada demais para notar, ao bater à porta da frente de seus pais, que a maçaneta chacoalha e que a fechadura clica antes de ouvir seu pai gritando de lá dos fundos da casa que já vai atender. Finalmente a porta se abre. Uma fração de segundo se passa até ela reconhecer os dois idosos no hall de entrada como seus pais. Ela visita pelo menos uma, geralmente duas vezes por ano, mas toda vez é uma surpresa que estejam ficando velhos. Não ficando, já estarem. Helen nota a toalha enrolada em volta do pescoço murcho do pai e um pouco de creme de barbear em sua orelha esquerda.

— Lenochka — murmura Dmitri, apertando-a e beijando suas bochechas. Ele se vira para a esposa e anuncia: — Elena chegou.

O rosto de Marina se ilumina e ela diz "Ora, ora, olá", olhando em volta como se a chegada de Helen fosse uma surpresa. Uma surpresa agradável, mas ainda assim uma surpresa. Marina dá um passo à frente e olha para cima com expectativa. Quando Helen a abraça, leva mais um susto pela estranheza de poder ver acima da cabeça de sua mãe. Marina parece ainda mais baixa do que oito meses atrás, como se estivesse planejando desaparecer do mundo.

— Entre, entre — pede Dmitri, apressando Helen para a sala de estar, com Marina vindo logo atrás.

Pelo que notou até agora, muito pouco mudou desde sua última visita. Na verdade, muito pouco mudou desde sua infância, além do enorme acúmulo que vem dos anos vividos no mesmo lugar. Quando ela cresceu, a casa previsivelmente ficou menor. No entanto, apesar de ter menos ocupantes, ficou mais cheia. Agora toda superfície está coberta: um velho sofá de brocado enfeitado por mantinhas de crochê e enterrado sob uma correnteza de almofadas decorativas; um par de poltronas reclináveis envolto por xales. O topo do velho gabinete enorme de televisão Admiral, assim como todas as outras superfícies horizontais, está cheio de porta-retratos dos netos e enfeites e pratinhos de vidro. Mas a casa ainda parece limpa. Não há latas de atum vazias nem pilhas de jornal.

AS MADONAS DE LENINGRADO

A ideia de arrumar e empacotar tudo isso oprime Helen, e ela entende por que seus pais são tão resistentes. Mas Andrei está inflexível quanto à ideia de que chegou a hora de acomodá-los num lar para aposentados com facilidades de asilo.

— É claro que eles não gostam da ideia — afirmou em sua última conversa com Helen. — Quem gostaria? Mas eles estão cada vez mais velhos, Helen, e francamente, devíamos ter insistido nisso anos atrás.

Ele pediu para ela ficar por mais alguns dias depois do casamento. Deixar o evento para trás e depois sentar com os velhos para uma pequena reunião. Ver se os dois juntos conseguem fazer seus pais raciocinarem. É um pedido perfeitamente normal, ou o seria em alguma outra família, mas ela é oito anos mais nova que Andrei e a eterna irmãzinha, raramente informada, muito menos consultada. É quase absurdo como se sente lisonjeada por ser tratada como uma igual, como está ansiosa por ser uma aliada no que tem o potencial de ser uma batalha desagradável.

Na copa, Dmitri puxa uma cadeira da mesa de jantar para sua esposa e outra para Helen. Helen se lembra de fazer os deveres de casa nesta mesa, a beirada de alumínio e a superfície com estampa de bumerangues impressas em seu cérebro junto com Ovomaltine, bolinhos recheados, e o triângulo de Pitágoras.

— Você parece cansada, Elena.

— Não dormi muito. — Ela olha para seu pai. — Você também parece meio cansado. — Na verdade, ele parece mais que meio cansado. Parece exausto.

— Bem, talvez todos nós possamos tirar uma soneca na balsa. Mas primeiro você devia tomar um café para dirigir.

— Não, papai. Estou bem.

— Tem certeza?

— Absoluta.

Ele olha para o relógio de parede.

— Bem, então é melhor eu me mexer. Mamãe está pronta, mas eu ainda preciso terminar.

Marina comenta:

— Estou pronta há horas.

Naureen disse que devíamos sair às oito e meia para pegarmos a balsa de uma da tarde.

— Se perdermos essa, tem outra — comenta Helen.

Dmitri não se convence.

— As filas são longas no verão. Não quero me sentir numa lata de sardinhas. Pode fazer companhia à sua mãe enquanto me visto?

— Vá em frente.

— Não vou demorar.

— Não se apresse.

— Na estrada podemos conversar. — Dmitri sorri para ela, seus olhos azuis-claros fitam os dela por um longo instante. — É bom ter você em casa.

Assim que ele sai, Marina levanta da cadeira e desaparece na cozinha. Helen a escuta abrindo gavetas e remexendo em todo canto. Ela segue a mãe e a vê abrindo e fechando metodicamente cada um dos armários de cima. Há post-its colados esvoaçando como bandeiras.

— O que está procurando?

— Café. Você quer uma xícara de café, certo? — Marina abre as portas sob a pia e examina a coleção de panos de chão e produtos de limpeza.

— Não preciso de café, mamãe.

— Está em algum lugar por aqui, mas Dima fica mudando tudo de lugar.

— Sério, estou bem. Tomei um pouco no hotel.

— Está em algum lugar aqui. — Cada vez mais agitada, Marina abre outra vez a gaveta de talheres e cada uma das gavetas abaixo dela.

— Mamãe, não quero café. A verdade é que, se eu tomar mais uma xícara de café, vou perder algum parafuso. — Marina parece determinada a ignorá-la. — Por favor. Venha sentar. — O pedido sai mais ríspido do que ela pretendia, mas faz Marina parar imediatamente.

— Bem, se tem certeza disso. — Relutantemente, Marina segue Helen de volta até a mesa e descansa as mãos no colo. Ela sorri para a filha. — Então, como está sua família?

Helen acha a pergunta estranha, mas não consegue identificar por quê. Não é nenhuma novidade contar alguma coisa à sua mãe e depois descobrir que ela esqueceu. Faz tempo que parou de levar aquilo para o lado pessoal. Então ela repete a grande novidade da semana anterior, que seu filho Jeff recebeu uma proposta de promoção. É uma grande oportunidade, para liderar o atendimento ao cliente em toda a divisão sudoeste, mas Helen espera que ele recuse.

— Eu sentiria falta deles, mas não é só em mim que estou pensando. Significaria mudar com a família para Houston, e ele passaria um bom tempo treinando pessoas na Índia.

— É bom ter a família toda no mesmo lugar — concorda Marina. — Mas aprendi que é preciso deixar as pessoas irem atrás de seus sonhos.

— Phoenix não era exatamente meu sonho, mamãe. — Sua mãe parece nunca ter gostado do fato de a mudança de Helen não ter sido um ato de rebeldia. Foi seu ex-marido Don que insistira em se mudar com ela e os meninos, e por um motivo bobo como estar farto da chuva. Ela tivera dificuldade para se acostumar ao calor e aos subúrbios feios e queimados de sol, sem árvores. Depois de um tempo até aprendeu a amar o deserto, seu vazio limpo. Mas nada daquilo — nem Phoenix, nem a casa, nem o casamento — nada daquilo fora seu sonho.

Seu sonho havia sido totalmente diferente. Ela se formou em arte na UW, e enquanto estava lá, inventou uma futura identidade como artista. A fantasia era vaga mas incluía dias livres após o frenesi de uma pintura, noites em claro na companhia de outros artistas, discutindo e rindo e bebendo chianti, uma existência desorganizada e passional numa casa flutuante pitoresca ou numa exótica cabana na floresta. Mesmo naquela época, ela sabia que esses clichês não passariam pelo escrutínio de seus pais tão práticos, e agora se conhece bem o suficiente para questionar se teria tido coragem de cortejar a desaprovação deles tão abertamente. Acabou que ela nunca teve a chance de descobrir. Ela engravidou e tropeçou rumo a uma vida arrasadoramente típica em suas concessões: um marido que bebia para afogar as ambições ao final de cada dia, dois filhos que ela amava ferozmente a ponto de sufocar seu ressentimento periódico deles, um emprego no escritório de planejamento da cidade que era incrivelmente tedioso mas do qual ela jamais seria demitida, algumas horas desenhando aqui, uma aula ali, uma feira de arte local, uma exposição coletiva. De vez em quando seu descontentamento disfarçado vinha à tona e a subjugava, então ela se trancava no banheiro, enchia a banheira, e chorava sob o barulho da água. Deitada submersa até as narinas como um crocodilo, ela planejava sua fuga: depois que os meninos crescessem e saíssem de casa, ela deixaria Don. Ela jogaria para o alto as advertências de seus pais, pediria demissão, e se dedicaria completamente à sua arte.

Então, surpresa! Don foi embora primeiro, seis meses antes de o filho mais novo se formar no ensino médio. Seu filho Kyle já estava morando em Los Angeles, e no outono, quando Jeff encaixotou a televisão e o computador e se mudou para um dormitório na Universidade do Estado do Arizona, ela ficou subitamente e inesperadamente sozinha.

Ela podia fazer o que quisesse. Não havia ninguém a quem responder e ninguém a quem culpar. Ela se sentiu — não exatamente livre, não era aquele o termo. Mais como abandonada.

Pior, ela descobriu que era incapaz de fazer o maravilhoso salto de cabeça para longe do familiar, que planejava há anos. Em vez disso, ela tem lentamente avançado numa série hesitante de meias medidas. Ela ficou na casa, mas transformou o quarto de brinquedos em estúdio de pintura. Continuou no emprego por causa do plano de saúde, mas se presenteou com uma viagem a Florença no ano passado. Às vezes ela fica acordada até quatro da manhã e deixa potes de solvente de tinta e pincéis na bancada da cozinha. Nesse ritmo, ela imagina que estará vivendo seu sonho quando tiver uns, digamos, setenta anos.

Mas ela não pode explicar nada disso para sua mãe. Comparada ao irmão, médico, Helen é a filha rebelde. Ir embora e morar no meio do deserto é simplesmente o tipo de coisa que Andrei jamais faria. Ela não consegue fazer sua mãe entendê-la, mas também não desiste de tentar.

— Para o bem ou para o mal — continua Helen —, mudei para Phoenix porque estava tentando ser uma boa esposa.

Marina sorri caridosamente para ela.

— Você é, filha, tenho certeza.

— O quê? — Helen sente como se estivesse um pouco fora do corpo, aquela tontura que vem da viagem e das poucas horas de sono. — Estou divorciada há quase dez anos, mamãe.

Sua mãe não hesita em responder:

— Tanto tempo assim? É estranho como o tempo parece voar, não é? Puf, e já é um novo ano.

Helen assente.

— Eu estava pensando justamente nisso.

Mesmo antes de a sirene que indica o fim do ataque parar de soar em seus ouvidos, multidões deixam o abrigo e voltam para a avenida Niévski, correndo para reivindicar seus lugares na fila. Um a um, eles param e levantam os rostos para o céu.

Parece neve, flocos de neve caindo do avião alemão. Conforme os flocos brancos se aproximam da Terra, eles se transformam em quadrados de papel. Pegam carona em correntes de ar, flutuando de um lado para o outro, navegando como pipas pequeninas. Marina observa os bandos de crianças pulando para apanhá-los com uma mistura de terror e deleite. Sua priminha Tanya está puxando sua mão para escapar, mas Marina sabe que não deve soltá-la nessa multidão.

Um dos panfletos balança no ar e cai aos pés delas, e Tanya o pega como se fosse um prêmio. Marina lê por sobre o ombro da menina. Impresso numa fonte em negrito, está escrito: "Esperem pela lua cheia!". Em letras menores, a mensagem adverte o leitor que Leningrado não pode ser defendida, e que as tropas alemãs vão destruir a cidade "com um furacão de bombas e granadas".

— O que querem dizer com lua cheia? — pergunta Tanya.

— Não sei.

— Papai, o que querem dizer com lua cheia? — Tanya estende seu suvenir para o pai, que apareceu no meio da multidão. Tia Nadezhda o segue alguns passos atrás, de mãos dadas com o menino, Misha.

O rosto de tio Viktor fica zangado quando lê.

— Acham que somos atrasados, que vamos ter medo de um lixo supersticioso. — Ele amassa o papel e o atira na calçada, esmagando-o com a bota.

Marina se surpreende com o gesto. Ela nunca ouvira o tio sequer levantar a voz para seus filhos. Mas ultimamente todos estão tensos, e paixões insuspeitas explodem nas pessoas mais improváveis. Tem sido um dia particularmente penoso e, apesar de Viktor continuar sendo a voz da razão, assegurando Nadezhda repetidamente de que será para o melhor, que as crianças estarão seguras, seu ponto não foi ajudado por toda essa confusão e histeria.

As autoridades aceleraram a evacuação das crianças, e agora todo dia outras milhares são mandadas de ônibus e depois de trem para o campo, o mais longe possível dos Urais. Para complicar as coisas, crianças que haviam sido retiradas antes, estupidamente mandadas para o trajeto do inimigo, estão sendo devolvidas à cidade para serem classificadas e reenviadas para leste. Então, ao lado das famílias que apareceram esta manhã para enviar seus filhos, há enxames de jovens desacompanhados, cem para cada adulto, e mães que atravessam a massa, gritando nomes e infernizando as autoridades, tentando localizar as crianças que enviaram para os campos nos primeiros dias da guerra.

Depois do ataque aéreo, oficiais com megafones tentam restaurar a ordem e localizar aqueles que já haviam processado quando a sirene tocou. Chamam números e riscam nomes de suas pranchetas e imploram para que a maré de pessoas volte para as

AS MADONAS DE LENINGRADO

filas. Discussões viram cenas feias quando pessoas reivindicam ou brigam por seus lugares.

Viktor tentou persuadir Nadezhda a ficar em casa esta manhã, e até tirou sua sobrinha do trabalho para acompanhar as crianças até o centro de evacuação, mas Nadezhda não quis ficar para trás. Ela normalmente cede ao marido em tudo, da quantidade de cebola a colocar na sopa ao corte e cor de suas próprias roupas, mas a ideia de perder seus filhos a tornou desafiadora. Por duas vezes nas últimas semanas ela conseguiu adiar a partida deles, primeiro fingindo que Misha estava com febre e depois simplesmente ignorando as ordens oficiais. Até mesmo agora, encontrando seus lugares numa fila que se estende até a avenida, ela está renovando sua campanha, seus piores medos impulsionados por uma conversa que ela teve no abrigo com outra mãe.

— Há uma semana ela vem aqui todos os dias, mas nada. Suas duas filhas foram enviada para Kingsiepp, Viktor — acrescenta Nadezhda num sussurro. Circulam rumores terríveis de que um acampamento de crianças foi bombardeado pelos alemães.

— Você não devia acreditar em tudo que ouve. Você não conhece essa mulher, Nadezhda. Até onde sabe, ela pode ser uma simpatizante.

O rádio alertou os cidadãos para terem cuidado com aqueles que ajudariam a causa fascista semeando medo. Desde que a linha de Luga foi quebrada, uma enxurrada de rumores se espalhou pela cidade — espiões alemães caindo na cidade de paraquedas à noite, o massacre de mulheres e crianças na fronteira — mas Viktor afirma que tudo não passa de histeria.

— Um piloto que foi derrubado a tiros na semana passada confessou que os alemães estão desertando — continua Viktor.

— O exército vai fazê-los voltar em breve. Quando o Luga estiver novamente seguro, eles podem trazer as crianças de volta para casa. Elas estarão em casa em, no máximo, duas semanas.

— Então por que não mantê-las aqui?

Viktor dá um olhar de advertência para ela e espia ao redor. Em voz baixa, continua:

— É somente uma precaução, Nadezhda. Mas veja só o que aconteceu em Londres. Não podemos manter essa possibilidade aqui.

— Bombas podem cair em qualquer lugar. — Ela está prestes a chorar novamente.

— Isso não é uma questão de escolha, e não há por que continuar discutindo. — Para enfatizar seu ponto de vista, ele pega Misha dos braços de Nadezhda e o entrega a Marina.

Tia Nadezhda diz alguma coisa, mas baixo demais para Marina entender. Não importa. Ela certamente não vai vencer. Viktor Alekseevich Krasnov é um cientista renomado, um homem que acredita que existe sempre uma única verdade, à qual se pode chegar pela razão, e quando se chega, ele estará lá esperando. Ainda assim, Nadezhda está resistindo mais do que Marina pensou que fosse capaz.

Misha começa a choramingar em aparente solidariedade à mãe.

— O que foi? — pergunta Marina

O menino para e pensa na pergunta, congelado à beira do choro.

— Precisa ir ao banheiro?

Ele balança a cabeça.

— Eu queria trazer o Bubi, mas o papai disse que não posso. Ele diz que gatos não são de viajar.

AS MADONAS DE LENINGRADO

— O papai tem razão. Bubi ficará melhor em casa.

— Mas não quero que ele seja morto por uma bomba.

— Ele não vai ser morto por uma bomba. Bubi é um gato muito esperto. Além disso, ele tem sete vidas, então vai ficar tudo bem.

Misha parece aceitar a explicação, mas sua irmã mais velha encara Marina com desconfiança. Tanya começa a puxar o pai, adotando suas expressões sérias e questionando constantemente, pesando a veracidade dos contos de fada que Marina lê para eles à noite e desafiando cada reviravolta da narrativa. *Por que* a bruxa jogou um feitiço sobre as crianças? *Por que* ela foi dormir por sete anos? *Por que* eles foram felizes para sempre?

Marina olha ao redor em busca de algo para distrai-los, e propõe um jogo. Ela vai escolher uma letra e eles precisam dizer todas as coisas que sabem que começam com essa letra.

Tanya diz uma palavra após a outra, enquanto Misha só consegue olhar para onde ela aponta e repeti-la como um eco. Marina o ajuda aos sussurros. O que aquele homem está usando por cima da camisa? *Suéter*. Bom. O que é aquilo ali? *Sinal de trânsito*.

Com cada letra, outras crianças da fila entram no jogo, até terem passado por todo o alfabeto. Então ela começa a repetir as letras.

Já é quase final da tarde quando o primeiro ônibus de um comboio pintado de cinza escuro e verde militar se afasta do meio-fio e desce ruidosamente a Niévski. Nadezhda abriu a maior das duas malas, e desenrolou um cobertor e desembalou comida preparada para a viagem. Misha comeu e agora está enroscado no peito da mãe, com o rosto preguiçoso de sono. Uma hora atrás, Viktor saiu para encontrar alguém no comando e ter uma estimativa de mais quanto tempo ficarão ali, mas Nadezhda não se importa. Ela se contenta em morar na calçada desde que isso signifique que pode ficar com seus filhos.

Tanya e Marina comem salsicha e biscoito e observam os ônibus passarem com estrondos. Mulheres correm ao lado deles, acenando freneticamente para seus ocupantes, crianças cujos rostos se espremem contra o vidro em expressões variadas que vão da tristeza ao choque. Os faróis dos ônibus brilham de um azul fraco.

— Por que os faróis são azuis? — indaga Tanya.

— Para os alemães não os verem.

— Por que os alemães não veem azul?

— Por que eles têm olhos azuis.

Tanya pensa nisso, conclui que parece razoável, e assente solenemente.

Mais um ônibus parte, levantando uma nuvem de panfletos em seu rastro.

— Parece um desfile com confete, não acha? — observa Marina.

— As pessoas não choram em desfiles.

— Não, acho que não.

— Elas não choram — afirma Tanya com autoridade.

Na frente de Helen, sua mãe fita com um olhar vazio a janela da balsa. Seus traços não têm expressão — quem saberia o que ela está pensando? — mas não parece incomodá-la o fato de estar aqui sentada em silêncio. Sob um céu claro e sem nuvens, o horizonte de outra ilha ondula lentamente quando passam, uma colina amarela aveludada se revela na janela como um diário de viagem em câmera lenta. Helen sente um vago revirar de estômago. Pode ser enjoo do mar ou um crescente desconforto, uma suspeita de que há algo errado.

Não é que se sua mãe tenha sido extremamente linear algum dia. Ainda assim, ela parece simplesmente meio distraída. Como a história do café esta manhã e depois o comentário sobre a família de Helen. Quase como se ela estivesse conversando com uma estranha. Ou no carro até aqui, quando do nada ela os lembrou de uma viagem que fizeram a Lake Chelan quando Helen tinha oito anos e Andrei estava no ensino médio. Não havia nada de errado com a história; ela só tocou no assunto sem nenhum motivo.

— Mamãe?

Marina tira os olhos da janela e parece surpresa por Helen ainda estar ali.

— Hmm?

— Está tudo bem? Você parece meio distraída.

— Sinto muito, querida. — Marina aguarda com expectativa, pronta para ouvir seja lá o que Helen tem a dizer.

— Não, tudo bem. — Helen respira fundo, se perguntando como abordar o assunto. — O que quis dizer é que, no geral, você parece meio distraída. Como tem se sentido?

— Estou bem.

Helen olha para a mãe e admite para si que ela parece mesmo bem. Mais velha, é claro, mas não especialmente frágil ou doente. Pode ser só algo da minha cabeça, pensa ela. Afinal de contas, não estou exatamente no meu melhor hoje.

E então sua mãe acrescenta, quase como uma reflexão posterior:

— Você sabe que às vezes esqueço algumas coisas. Eu não contei que estava doente?

— Doente? — O coração de Helen começa a bater mais forte.

— Tive gripe. E os médicos me deram alguns remédios.

— Gripe? Mamãe, está falando de dois anos atrás? — Sua mãe, que é famosa por nunca ficar doente, teve uma crise de gripe no penúltimo inverno. O médico receitou alguma coisa, mas ela piorou; começou a delirar e alternou entre consciência e inconsciência durante dois dias. Descobriu-se depois que sua mãe era alérgica à codeína e, aos oitenta anos, nunca antes tivera motivo para descobrir. Mas o que isso tem a ver com o resto ninguém sabe.

— Sim, dois anos atrás — reconhece Marina. — Parece que ajudam minha memória.

Helen está totalmente confusa.

— O que ajuda?

— Os remédios.

— A codeína?

A expressão de Marina denuncia sua frustração.

— Não, os outros remédios — explica ela, enunciando cada palavra. Ela olha ao redor. — Onde está Dima?

— Na verdade, não sei. — Seu pai saiu há mais de meia hora para usar o banheiro, algo que realmente não devia levar tanto tempo. — Talvez esteja tomando um café.

— Mas ele vai voltar? — Uma sombra passa pelo rosto de Marina, como se temesse que depois de quase 65 anos de casamento ele pudesse subitamente abandoná-la, dizer que vai ao banheiro e não voltar nunca mais.

— Claro que vai. — Não estou imaginando isso, pensa Helen. Não sou eu. — Eu vou procurá-lo — avisa ela. Tem algumas perguntas a fazer ao pai de qualquer forma. — Quer alguma coisa?

— Não, obrigada. Estou bem. — Ela põe as mãos no colo para demonstrar sua satisfação.

Helen encontra Dmitri parado na grade da popa, olhando para a água. Um rastro se espalha atrás do barco como uma longa cauda verde.

— Bonito, não é? Estávamos começando a achar que você tinha caído.

— Onde está sua mãe? — Dmitri estica o pescoço e examina o deque.

— Em nossos lugares.

Ele endireita as costas e se prepara para ir.

— Papai, qual remédio mamãe está tomando? — Ela mantém a voz neutra, apesar de ser uma pergunta estranha para se fazer casualmente, e, como não podia deixar de ser, seu pai para e a olha calculadamente.

— Por quê?

— Não sei. Ela só parece um pouco... Não sei. Meio confusa. Você não acha?

— Sim — admite ele. Ele examina o dorso das mãos. — Não são os remédios. Essa coisa de envelhecer é uma provação. Não diria que recomendo. — Ele está sorrindo, mas há um cansaço por trás de seu sorriso que contradiz a piada.

— As coisas poderiam ser mais fáceis caso se mudassem para um lugar menor.

Ele enrijece a mandíbula.

— Ainda não estou pronto para ser despachado para um asilo.

— Não um asilo, papai, uma comunidade de aposentados.

— Andrei armou para você fazer isso?

Quando criança, ela nunca conseguia enganá-lo; seu olhar era tão quieto e paciente, como se já soubesse a verdade e estivesse apenas esperando ela criar coragem para confessar. Helen percebe tarde demais que devia ter esperado até segunda-feira.

— Tenho certeza de que ele não quer que você faça nada para o qual não está pronto. Mas pelo menos o escute, tá, papai? Ele teve muito trabalho pesquisando. Quem sabe você não acaba vendo algo que gosta?

— Sei o que verei, Elena. Tenho amigos nesses lugares. Walt Crawford, lembra dele? — Ela lembra. O sr. Crawford era diretor da escola particular na qual seu pai ensinou alemão e russo durante quase trinta anos. — Bea, sua esposa, morreu há dois anos. Câncer de bexiga. Ele está morando na Shoreside Manor. A cada duas semanas vou lá. É um dos bons, quatro mil dólares por mês. Mas não existe disfarce para um campo de extermínio. Eu prefiro morrer em casa.

Ele se endireita novamente, sinalizando o fim da conversa.

— Vamos. Não quero que sua mãe se preocupe achando que caí no mar.

Se Helen tivesse vontade de manter a discussão, poderia apontar que todos preferem morrer em casa, mas tudo em que consegue pensar é que Andrei ficará irritado com ela pela precipitação. Embora não faça ideia de como ele pretende mudar a vontade deles. Eles são pessoas teimosas de seu próprio jeito quieto. É o sangue russo, ela pensa. Ela mesma o tem. Seu ex costumava chamá-la de "mula", e apesar de ela se revoltar com o insulto, sabia que havia verdade nele. Ela tende a se agarrar às coisas por muito mais tempo do que qualquer pessoa razoável o faria antes de desistir e seguir em frente. Por exemplo, seu casamento. Ou sua arte, pensando bem. Qualquer outra pessoa na sua situação teria desistido da pretensão e ou teria aceitado a arte como um hobby ou começaria a pintar coisas para as quais havia mercado — paisagens e flores ou aquarelas abstratas. Em vez disso, ela insiste em fazer suas figuras e depois fica indignada quando as pessoas que compram suas artes em lojinhas de suvenir locais e lojas de molduras não querem pendurar nus de estranhos em suas casas. Ela está com 53 anos: quanto tempo mais vai esperar até que um representante de Nova York a descubra? De suas própria maneira, ela e seus pais parecem ter atingido simultaneamente os limites de se entregar como estratégia de vida.

Sua mãe ainda está olhando fixamente pela janela quando eles voltam.

Seu pai se inclina e beija o topo de sua cabeça.

— Uma moeda por seus pensamentos.

— Estava pensando em Tanya e Misha.

Dmitri franze o cenho.

— Quem são eles? — pergunta Helen à mãe.

— Meus primos. Eles tinham apenas seis e oito anos, então foram mandados embora.

— Mandados embora?

— Evacuados. No começo da guerra.

— Para onde eles foram?

Marina olha para o teto por um instante.

— Eu não lembro. Os Urais, provavelmente. Estava nevando.

Helen espera, mas aparentemente aquele é o fim da história. Já era de se esperar. Seus pais nunca falam sobre a guerra, não em inglês de qualquer maneira, e Helen só tem uma ideia geral do que aconteceu na época. Seu pai era soldado, e sua mãe uma noiva da guerra que ficou presa em Leningrado quando os nazistas cercaram a cidade. De alguma maneira os dois foram parar na Alemanha e se reencontraram lá. É isso. Quando criança, ela tinha pouca curiosidade a respeito da juventude de seus pais, e eles se comportavam como se nunca tivessem tido uma. Quando ela finalmente os questionou, todas as perguntas receberam uma resposta de uma só frase. Mas eles não estarão aqui para sempre, e parece estranho saber tão pouco de suas histórias.

— Eram os filhos do arqueólogo? — Sua mãe era órfã e morara com uma tia e um tio que era um famoso arqueólogo, mas esses detalhes também eram vagos.

— Sim, tio Viktor — diz Marina, assentindo. — Depois daquilo, moramos no porão.

— Quem?

— Ah, todo mundo. Havia centenas de pessoas.

Nenhuma explicação se segue. Quando Helen se volta para seu pai, ele diz:

— Algumas coisas são melhores quando esquecidas.

Esta é considerada uma pintura secundária, mas alguns podem levar em conta seu interesse histórico. O pintor Caraffe encontra a inspiração na lenda de Metelo, um general romano que demonstrou misericórdia com os inocentes. Vemos que a cidade foi cercada, e que nos portões o exército se prepara para invadir as muralhas. Soldados de armaduras erguem seus arcos, e corpos seminus se espalham em frente aos portões. Contra a muralha, um grupo de figuras encara os soldados como escudos humanos, a esposa e filhos de um desertor.

O que poderia ser mais dramático? Mas não há terror nessa cena. É um melodrama encenado com os atores posicionados em um painel cuidadosamente equilibrado. Note que até os derrotados são belos: eles morrem em lindas poses, seus ferimentos são invisíveis. A cena neoclássica é estranhamente calma e imóvel, as cores limpas e lustrosas. É guerra sem sangue e vômito, sem miséria — é uma imagem para atrair garotos franceses para a guerra com fantasias de autossacrifício enobrecedor. Centenas de milhares deles morreram por Napoleão, seus cadáveres apodrecidos pelo gelo sujando as estepes russas nevadas. Não houve beleza, não houve misericórdia.

Ela lembra do cheiro de açúcar queimado. De como ele chamuscava o interior de seu nariz.

Quando Marina vai da escada até o telhado, ela pode ouvir o estrondo baixo dos aviões alemães se aproximando. Schlisselburg foi tomada na segunda, então Leningrado está completamente cercada agora, isolada do mundo lá fora. Duas noites atrás, os alemães começaram a lançar bombas, incendiando a cidade afora. Guardas, armados com pás e baldes de areia, foram posicionados nos diversos salões e ao longo do perímetro dos telhados do museu. Marina detectava incêndios, metade de um par posicionado em cada plataforma de observação dos telhados do Hermitage.

Ela escala os doze degraus até uma pequena plataforma de madeira. Olga Markhaeva, uma curadora de pintura holandesa, já está lá em cima. Seu marido, Pavel Ivanovich, está na mesma divisão de voluntários que Dmitri. Olga cumprimenta Marina e entrega a ela um par de binóculos, que Marina pendura no pescoço.

— Olhe — comanda Olga, apontando para o sul.

Pelo binóculo, Marina acompanha o zumbido e encontra uma sombra que se aproxima lentamente contra as nuvens. Durante todo o verão foram vistos aviões, como mosquitos circulando e mergulhando sobre a cidade. Mas isso é diferente. Ela não consegue identificar aviões individuais, apenas uma ameaçadora linha de batalha de escuridão.

Ainda não está tão escuro, e aqui, em pé na plataforma, Marina se sente exposta ao céu como um camundongo. Não há um lugar na vasta expansão do telhado no qual se esconder. Gelada de pavor, ela olha para a porta que leva de volta ao saguão lá embaixo. Se não fosse pela presença de Olga Markhaeva, ela duvida que fosse capaz de resistir a voltar para a segurança do museu.

O Hermitage pode não ser um alvo militar, mas isso não traz nenhum conforto. Nada disso faz sentido, não há nada que uma pessoa sã consiga compreender. Apesar de, em tese, todos saberem que os alemães estavam próximos, quando as primeiras bombas caíram gritando na cidade alguns dias atrás, foi como uma fantasia, surreal e escandalosa. Impressionadas, as pessoas olhavam umas para as outras, descrentes. Não podia ser. Não aqui, não em Leningrado. É loucura. Eles dispararam mísseis de longo alcance na cidade, matando mulheres e crianças e idosos aleatoriamente. Por quê? Por que tentar reduzir uma cidade às cinzas? De que serve a vitória se não há nada a proclamar?

Marina pensa em Dmitri e em seu amor por argumentos racionais. O que ele faria com isso? Talvez haja uma lógica nisso que só possa ser vista de certa distância: os dois milhões e meio de habitantes de Leningrado como um alfinete no mapa para alguém em Berlim. Mas aqui ela está perto demais para enxergar qualquer padrão. Olhando para o horrível enxame descendo sobre eles, é mais fácil acreditar na explicação do rádio: que o inimigo é exclusivamente mau.

— Deve haver cinquenta deles esta noite — observa Olga. Sua voz é calma, sem um traço do terror que Marina sente.

O zumbido dos aviões fica mais alto. Eles estão claramente visíveis agora, uma dúzia, duas, talvez mais. Eles se movem metodicamente em formação. Os canhões antiaéreos cospem selvagemente, e ela ouve o estampido de explosões ao sul. Pelo binóculo, identifica uma explosão de chamas na periferia da cidade, perto do armazém da ferrovia Vitebsk, e em seguida muitas outras agrupadas. Então os incêndios surgem numa linha reta através da paisagem escura da cidade, brotando como fileiras de tulipas laranja. O trovão dos motores a envolve, e subitamente bombas estão explodindo no Neva, os chafarizes de água florescendo por toda a extensão do rio. A plataforma estremece a cada explosão. Um farol varrendo o céu ilumina um avião após o outro em seu caminho, e Marina vê a suástica numa asa diretamente acima de sua cabeça.

Não é exatamente medo — não é por isso que ela fica ali, imóvel, com a respiração presa no peito. Ela está hipnotizada pela terrível beleza que está testemunhando. Assim que os aviões passam, entretanto, Marina percebe que suas pernas estão tremendo, tanto que precisa se segurar no corrimão da plataforma para continuar de pé.

O rádio bidirecional dentro da jaqueta de Olga está chiando. Ela o retira.

— Alguma coisa nos atingiu? — É Sergei Pavlovich, falando do escritório da guarda.

Olga grita no rádio:

— Só um instante. Câmbio. Marina Anatolyevna?

Marina olha para ela e se dá conta de que os binóculos estão pendurados em seu pescoço. Ela solta uma das mãos do corrimão e leva o instrumento até os olhos, mas sua mão está tremendo demais para estabilizar a imagem, que pula e vacila.

Olga a observa calmamente e espera.

Marina solta a outra mão e agarra os binóculos. Ela examina os telhados dos prédios do Hermitage até os telhados inclinados do Palácio de Inverno, onde outra plataforma está equipada. E então verifica de novo, lentamente, metodicamente. Incrivelmente, os alemães parecem ter evitado o museu. Ela aponta os binóculos na direção de duas silhuetas imóveis, seus parceiros na plataforma distante. Outras silhuetas estão de pé em seus postos. Ninguém se mexe. Ela não vê nenhum incêndio.

— Nada. Não vejo nada — relata ela a Olga, que transmite a informação a Sergei.

— Verifique o perímetro — relembra-a Olga.

Marina aponta seus binóculos para as barragens, de cima a baixo. Bem do outro lado do rio, nos jardins ao lado da Fortaleza de São Pedro e São Paulo, a montanha-russa pegou fogo. A enorme estrutura de madeira está em chamas, um dragão contorcido de chamas laranja. Ela se vira e examina os prédios ao longo da rua Millionnaya e a Praça do Palácio, fazendo um círculo lento. Então procura por focos de incêndio mais ao longe, na extensão que fora designada a reportar.

— Há um incêndio perto da ponte Trótski, passando a Trótski, eu acho. — Sem luz fica difícil encontrar os pontos de referência, mas ela passa as localizações aproximadas para Olga, que as repete para Sergei.

— E mais um... esse parece feio... perto do Castelo Mikhailóvski.

Há quase doze incêndios em um raio de um quilômetro do museu. Ela os enumera um a um para Olga, tentando ser precisa.

— Na parte mais distante do Moika, perto do Palácio Stroganov, eu acho. Não, espere...

Enquanto observa, vê um caminhão de bombeiros descendo o Niévski em direção ao incêndio. Mas ele passa direto e vira ao sul no Vladimirski. Outros caminhões atravessam as avenidas, com as sirenes tocando, e passam por incêndios que ardem sem serem verificados. Todos vão rumo ao sul. Quando Marina volta seus binóculos para aquela direção, vê uma enorme coluna de fumaça. Ela sobe alto no céu sobre a cidade. Sua base está matizada de vermelho.

— Meu Deus.

— O que foi? — Olga está parada ao lado dela.

— Não sei. É perto da estação Vitebsk. — Ela desamarra os binóculos e os entrega a Olga.

Mais tarde, ela descobrirá que o que as duas estão testemunhando é a queima dos armazéns Badayev, onde os estoques de comida da cidade inteira estavam guardados. Ou talvez elas já saibam disso; talvez Sergei tenha reportado de volta a elas os rumores que já circulam pela cidade. Amanhã, o pior desses rumores será confirmado. Três mil toneladas de farinha, milhares de quilos de carne, um rio derretido de açúcar escoando para os porões dos armazéns carbonizados. Ela não pode saber disso agora, mas armazenado na mente de Marina, mais real do que qualquer outra coisa, está a arrepiante certeza de que estão testemunhando uma catástrofe.

Nas ruas, há correria, gritaria, o chacoalhar de fogo antiaéreo, apesar de não haver mais aviões. Mas daqui de cima, parece silencioso, o terrível silêncio que pode acompanhar o fim do mundo. Depois de terem reportado os incêndios em seu raio de visão, elas ficam paradas ali por um longo período. Elas assistem aos pedaços da montanha-russa tombarem e caírem no chão. Holofotes varrem o céu, espadas de luz branca atravessando, cortando ao meio, e atravessando mais uma vez. Uma lua cheia sobe como uma laranja sanguínea no horizonte. Elas não conseguem deixar seu posto, e ninguém chega para liberá-las.

Marina quer se sentar, mas Olga continua de pé, ereta como um soldado. Em cima e abaixo da longa série de telhados, guardas assistem à distante conflagração e aos incêndios menores pontilhando a cidade. Suas silhuetas se misturam às fileiras de estátuas de cobre verde que se alinham ao longo do perímetro do telhado do Palácio de Inverno, guerreiros e deuses que guardaram o palácio vigilantemente por quase dois séculos.

A fumaça lentamente flutua para o norte, sufocando a cidade numa neblina maçante. Ela tem um cheiro estranho, enjoativamente doce. Marina não consegue mais ver as chamas por causa da fumaça, mas um brilho vermelho espesso parece envolver uma parte inteira da cidade. Seus olhos ardem e sua boca tem gosto de fuligem.

Mais tarde, uma segunda onda de aviões alemães aparece no horizonte. Em vez de bombardear a cidade, eles circundam o pilar de fumaça como mariposas escuras, espalhando frescas rodadas de fogo. Alguns deles partem para o norte, mas não lançam bombas.

Marina leva o pesado binóculo aos olhos novamente, mas antes que consiga ajustar o foco, há um assovio, e então o estrondo ensurdecedor de um grande explosivo em seu ouvido. Uma onda de choque atravessa seu corpo, jogando-a longe.

Alguém está gritando. Quando ela reabre os olhos, percebe que os gritos são seus, mas que não está ferida, está bem. Suas pernas e braços vibram de eletricidade. Ela levanta e olha ao redor. Olga também está bem. Na verdade, ela parece não ter se movido. Mas alguma coisa mudou. Marina leva um bom tempo para identificar o que está diferente. Parte do telhado do prédio ao lado desapareceu. Simplesmente sumiu.

Quartos foram reservados para os convidados da festa de casamento no hotel Arbutus, uma pousada de doze quartos em estilo vitoriano no meio da cidade. Ele anuncia pesadamente seu status de uma das mais antigas hospedagens na ilha, uma distinção, observa Helen, que parece inviabilizar uma melhoria nos móveis. O saguão escuro é mobiliado com uma coleção descombinada de sofás de couro rachado e poltronas de espaldares altos e decorado com fotografias desbotadas da ilha quando lá ainda havia um fábrica de salmão enlatado e uma frota de barcos de pesca. Sinais emoldurados e amarelados atrás da mesa da recepção listam os preços semanais de um só dígito e adverte os hóspedes quanto a não fumar e não limpar peixes nos quartos.

No andar de cima, seus quartos contíguos são pequenos e espartanos, mas ambos têm vista para o porto e banheiro privativo. Helen fica com o quarto menor. Eles têm algumas horas antes do jantar de ensaio, o suficiente para curtas sonecas. Ela senta na beira da cama. O colchão é mole, mas não importa. Ela está bem certa de que poderia dormir até em pé. Helen fecha as cortinas, coloca o despertador, tira as sandálias e afunda no edredom.

AS MADONAS DE LENINGRADO

Então seu cérebro começa a receber uma série de pensamentos desconexos, como acontece às vezes quando ela está cansada, mas tomou cafeína demais. Sua mãe morou com seu tio num porão. Por que um arqueólogo famoso moraria num porão? Seria uma privação normal na Rússia soviética? Talvez estivessem se escondendo, como Anne Frank, mas isso também não faz sentido porque eles não eram judeus. Bem, isso ela também não sabe, sabe? As pessoas escondiam essas coisas. Ela pode muito bem ser judia. Não seria uma coisa estranha de descobrir a essa altura da vida.

Isso é ridículo, ela diz a si mesma. São 4h28. Você só tem uma hora. Vá dormir.

Digamos que ela realmente descobrisse que é judia. O que mudaria, de verdade? Não é como se ela fosse começar a comer kosher. Ela nunca foi religiosa, apesar de ter flertado brevemente com o catolicismo. Você não tem como passar pelo sudoeste sem dar de cara com uma igreja católica, e elas estão sempre abertas. Durante o divórcio, ela passou bastante tempo sentada nos bancos de trás de capelas escuras. Até frequentou algumas aulas para recém-chegados, mas logo descobriu que só gostava das imagens. A doutrina era menos atraente. Mas conseguiu uma boa série, retratos assombrosos de várias mulheres — uma estudante de ensino médio de calça jeans e frente única, uma mexicana de meia-idade usando seu uniforme branco de enfermeira, tênis Adidas e óculos bifocais, uma mulher grande de cabelos ruivos com permanente usando um terno mal cortado — cada uma representada como uma madona de membros duros com olhos tristes e baixos e uma expressão ilegível. Ela as punha sentadas contra um fundo escuro sombreado, iluminado apenas por uma fileira de velas azuis vacilantes a seus pés. Helen deu as melhores

DEBRA DEAN

da série para sua mãe porque Marina reparou na boa repetição de azuis, exatamente o que mais agradara Helen no trabalho. Vai entender. Sua mãe é estranha assim. Ela sabe um bocado sobre arte para alguém que não tem um amor particular por isso. Helen era caloura e estava tendo seu primeiro curso de história da arte quando soube que sua mãe também estudara arte na faculdade, e que até trabalhara brevemente no museu Hermitage quando era jovem. Nada no passado de Helen a preparara para tal revelação; seus pais nunca a levaram a museus ou a galerias de arte. Eles não tinham sequer artes nas paredes de casa, a não ser que se considerasse alguns aforismos feitos em ponto de cruz, um calendário do banco com fotos do estado de Washington, e seus próprios desenhos colados na porta da geladeira. Mas uma noite, durante o jantar, Helen e sua mãe embarcaram numa de suas batalhas por causa de comida, Marina expressando o que beirava o ultraje moral por Helen só comer queijo cottage quando ela havia preparado um jantar tão bom. Helen, em respeitados modos de caloura, fez um comentário um tanto brusco, calculado para passar batido por sua mãe ignorante. Graças a você, disse ela, já sou revoltantemente rubenesca. Mas não só sua mãe sabia quem era Rubens, como ela o tomou para seu lado da discussão, apontando que muitos dos grandes pintores haviam escolhido modelos das proporções de Helen, não apenas Rubens, mas Ticiano também. Em seguida, ela enumerou um exemplo atrás do outro de nus voluptuosos.

Helen segue o fio tortuoso de pensamentos por quase uma hora antes de finalmente desistir, levantar, abrir a cortinas, e subir o vidro grudento. Com os cotovelos apoiados no parapeito da janela, ela inspira o ar salgado e observa a balsa do fim de tarde se demorar até o cais, agitando uma água verde enquanto se encaixa entre as pilhas de creosotos. Ela vomita uma nova leva de turistas, primeiro os ciclistas seguidos de um pequeno exército de pessoas vestidas nas cores do arco-íris carregando mochilas e sendo puxadas por cachorros em coleiras esticadas. Atrás delas, veículos sobem a rampa um de cada vez, utilitários e conversíveis e carros com caiaques presos nos tetos, alguns campistas, um caminhão de verduras, um caminhão de cascalho, e finalmente uma carroceria cheia de lenha. Na rua em frente ao porto cresce uma cacofonia de música e cumprimentos aos gritos, mas depois os turistas desaparecem lentamente para dentro de restaurantes e lojas de quinquilharias e a rua volta a seu mudo estupor da tarde.

Ela abre a mala e começa a tirar as roupas. Helen trouxe coisa demais para cinco dias, mas é difícil saber o que levar para Seattle e Drake Island em agosto. Em Phoenix, o clima é quente ou mais quente ainda, mas aqui você pode precisar de suéteres de lã de manhã e vestidos frescos ao meio-dia.

Mais importante que isso, no entanto, é que ocasiões como essa trazem à tona todas as suas piores inseguranças. É de se pensar que, aos 53 anos, ela já estaria se sentindo confortável na própria pele, mas ela ainda pode ficar obsessiva e nervosa como uma adolescente. Quando pensava em vir para cá, ficava se observando pela lente imaginária de sua cunhada estilosa, e o que ela via era uma hippie cheinha e apagada, do tipo que poderia vender pão integral no mercado aos sábados. Ela comprou e devolveu três vestidos diferentes antes de encontrar uma veste coral de linho e uma jaqueta de gola nehru combinando, chique e elegante mas ainda casual o bastante para um casamento ao ar livre. Olhando para a roupa agora, ela se pergunta o que deu nela para escolher essa cor. É mais chamativa que um sinal de trânsito.

Ela abre o zíper do vestido, o passa pela cabeça, e veste a jaquetinha. Não há espelho no quarto, então ela vai até o banheiro e se equilibra cuidadosamente sobre a beira da banheira. Examinando seu reflexo no espelho acima da pia, ela percebe que o tecido está repuxado sobre o busto, e o linho nem começa a disfarçar sua barriga roliça e seus quadris inchados. Ela passou a vida controlando o peso, mas nos últimos anos foi pulando para tamanhos cada vez maiores, não importa o que fizesse. Mesmo depois de quase morrer de fome, ela ainda está cinco quilos acima do objetivo que traçou para o casamento. Ela não vai nem tentar virar e olhar as costas.

Alguém está batendo à porta.

Ela desce da banheira e abre a porta que liga seu quarto ao de seus pais.

— Ah. Olá — diz sua mãe. — Abri a porta e havia outra.

O quarto de seus pais está escuro, mas Helen consegue vislumbrar a forma de seu pai debaixo das cobertas na cama.

— Você queria entrar? — sussurra Helen.

— Tá bom. Interrompi alguma coisa?

— Não, eu estava só desfazendo as malas. O que acha? — Ela abre os braços e gira lentamente.

— É uma cor linda — observa Marina.

— Está muito apertado? Não pareço um melão maduro demais?

— Não. Você está linda.

— Obrigada, mamãe. — Esta é a resposta padrão de sua mãe. — Bem, ninguém vai ficar olhando para a tia da noiva.

Desde que o bombardeio começou, cerca de dois mil funcionários e suas famílias — os eruditos e pesquisadores, os curadores, as mulheres que varrem as galerias e enceram o chão — todos se mudaram para as catacumbas cavernosas sob o Hermitage. Viktor Alekseevich Krasnov é um estudioso e arqueólogo renomado por seu trabalho nas escavações em Karmir-Blur, e assim, embora aqui todos sejam camaradas, iguais, em teoria, os poucos metros quadrados designados a ele, sua esposa e sua sobrinha ficam num canto do Abrigo Antibombas nº. 3, enfiado atrás de uma pilastra. Com um grande tapete pendurado entre a pilastra e a parede, o espaço é quase uma sala particular. Mais tarde, quando o inverno chegar e as paredes da catacumba congelarem, esse canto vai se provar não só úmido, mas também um ou dois graus mais frio que o centro do espaço, onde trabalhadores agrupados geram um calor bovino. Mas Marina já tem motivos para se arrepender de seu privilégio.

Ela deve tudo ao tio; ela sabe disso. Quando seu pai e depois sua mãe foram presos e levados embora, tio Viktor a abrigou e deu a ela seu sobrenome. Ele tomou providências para que Marina continuasse estudando na faculdade e depois na academia de arte, e quando ela se formou, facilitou sua indicação como docente no museu. Ele tem sido um modelo de tio devotado, se interessa pelos amigos dela, supervisiona seus estudos e os livros que ela lê, tudo. Ainda assim, ela não pode confundir esse interesse por afeto. É o tenso ato de equilibrar o que ele considera um dever sagrado para com sua irmã morta com a ameaça insidiosa que Marina representa como filha de ativistas contrarrevolucionários condenados. Não importa que as acusações tenham sido inventadas. Não importa que ele mesmo tenha sido preso em 1930 por acusações parecidas e solto um ano depois apenas quando o diretor Orbeli interveio pessoalmente em seu benefício. Ele voltou da prisão com pulmões arruinados e uma fastidiosa compulsão para que cada aspecto de sua vida parecesse correto e irrepreensível.

Ele passa metade de todo ano na Armênia, no sítio de escavação no Cáucaso. Ele parte ao primeiro degelo, e Marina sempre associou suas partidas à chegada da primavera. Em sua ausência, a casa fica mais quente e mais leve. Nadezhda deixa os cabelos soltos e veste as crianças com roupas de brincar. No verão, já estão vivendo como boêmios: comem quando têm fome, ficam acordadas até altas horas, e recebem Dmitri e seus amigos. Quando Viktor regressa no outono, há sempre um período de readaptação na casa. Mesmo assim, as relativas amplitude e privacidade do apartamento tornam a dureza dele, suas perguntas calculadas e sermões morosos mais fáceis de aguentar. Aqui, juntos em quarentena nesse espaço apertado, ela mal consegue suportá-lo.

Além disso, Viktor Alekseevich Krasnov ronca.

Mesmo com uma echarpe apertada em volta da cabeça e um cobertor puxado até as orelhas, ela não consegue abafar o som. Depois de seu turno no telhado ontem à noite, ela ficou acordada

AS MADONAS DE LENINGRADO

muitas horas mais, seu cérebro cansado preso ao drama do próximo ronco do tio. Primeiro, um barulho longo e vulcânico. Depois um período irregular de silêncio. É como ouvir o assovio de uma bomba e esperar por sua explosão. Ela pode contar até vinte e ás vezes até trinta antes de ele finalmente arfar por mais ar.

Ele foi completamente liberado do serviço militar por casa dos pulmões. É óbvio que essa é provavelmente a razão para que ele ronque tão alto, embora Marina não possa deixar de considerar aquilo uma extensão de seu caráter pedante, que até durante o sono ele precisa ser ouvido. De manhã, ela está convencida de que poderia enfiar um pedaço de pano em sua garganta e não sentir culpa.

Tia Nadezhda trouxe sua cota diária de pão e café aos três. O café quase não tem cor, preparado com grãos já usados. O punhado de folhas de chá que Marina comprou com os brincos de rubi de sua mãe acabou há duas semanas. Lindos rubis suspensos em filigranas de ouro. Cem gramas de chá.

Sergei Pavlovich diz que foi confirmado esta manhã. Uritsk caiu. Este boato vinha circulando amplamente, mas era horrível demais para acreditar. Uritsk fica a meros dez ou doze quilômetros do Hermitage, uma viagem de bonde.

No rádio, as más notícias chegam com muitos dias de atraso em relação aos boatos. Mesmo assim, as pessoas se reúnem em volta do aparelho de manhã e repetem os pronunciamentos oficiais de pessoa para pessoa nos abrigos do Hermitage. Mesmo redigidas pela animadora propaganda do Bureau de Informações, atualmente as más notícias não param de se repetir. Parece agora que a confiança de Viktor na superioridade natural do Exército Vermelho sobre os alemães estava errada. Estamos na terceira semana de setembro, e os alemães têm empurrado o exército de volta regularmente, chegando cada vez mais perto dos portões da cidade. Ainda assim, Viktor estava certo quanto ao bombardeio. Ele parece ter um tipo de satisfação sinistra na regularidade robótica com que os aviões alemães reaparecem toda noite, precisamente às sete. Pelo menos, diz ele, isso reconfirma o acerto de sua decisão ao ignorar o terror de Nadezhda e permitir que as crianças fossem evacuadas.

Eles não tiveram chance de tentar obter notícias de Tanya e Misha desde que eles foram embora, mas ambos mantêm a firme convicção de que os dois ainda estão vivos, que não estavam entre os bombardeados pelos alemães enquanto fugiam da cidade. Rumores chegaram nos trens vindos dos Urais, com as carcaças torradas cheias de corpos queimados de crianças.

Apesar de Nadezhda se encolher de medo à menção de seus filhos, ela não contradiz a certeza arrogante do marido de que elas estão seguras. Aquilo seria provocar o destino. Tampouco ela pode se convencer a concordar, então apenas finge que não escutou. Ela entrega à Marina um café e o pão e pergunta se ela dormiu bem.

É só porque está exausta que Marina começa a choramingar sobre o líquido claro. A mulher mais velha põe cuidadosamente no chão a xícara de café de sua sobrinha para que nem uma gota seja derramada, e puxa a jovem para seus braços como uma criança. Ela afaga os cabelos de Marina e faz sons reconfortantes. Cada suspiro, cada gesto, é ponderado pela ausência de seus filhos.

— Sinto muito — diz Marina, envergonhada.

— Bobagem. Você está preocupada com Dima — diz Nadezhda. — Mas não devia estar. Não há tempo para cartas. E você sabe como o exército é ruim em entregar correspondências. Provavelmente você vai receber uma pilha de uma vez só.

AS MADONAS DE LENINGRADO

Chegaram cartas no primeiro mês, mesmo que apenas algumas poucas linhas rabiscadas, mas Marina não tem notícias dele desde meados de agosto. A divisão dele estava entre as cercadas depois que a linha de Luga caiu. No caos, muitos desapareceram, entre eles, Dmitri. O marido de Olga Markhaeva, Pavel Ivanovich, também estava na terceira divisão, mas não foi capaz de dar nenhuma informação a não ser que ninguém com quem tenha falado na unidade viu Dmitri morrer. A esperança indecente de Marina é que ele esteja entre os desertores.

— Ele vai voltar para casa — afirma Nadezhda. — Todos eles vão voltar em breve. — E então ela também começa a chorar.

Viktor encara friamente sua própria xícara e finge não notar. Da mesma maneira que Marina finge não ouvir as sessões de amor furtivas de sua tia e seu tio, da mesma maneira que todo mundo finge não notar brigas de família ou os sons e cheiros dos baldes para excrementos. Depois de um segundo ou dois, ele não aguenta mais. Sem dizer uma palavra, ele levanta e vira sua cadeira de modo que a ficar de costas para as das mulheres e de frente para a mesa improvisada aos pés do pallet. Isso significa que está trabalhando e não deve ser incomodado. Nadezhda funga suas lágrimas e morde os lábios.

Por enquanto, e na medida do possível neste abrigo lotado, os residentes mantêm as rotinas que tinham antes da guerra. É um ato comunitário de fé em que, se aderirem às rotinas de suas velhas vidas, suas velhas vidas vão voltar para eles. Os eruditos continuam a escrever seus artigos, os estudantes estudam para os exames. Viktor Alekseevich Krasnov tem organizado muitos anos de anotações no campo a fim de começar a trabalhar numa história da cultura pré-classes de Urartu. Ele dedica diligentemente uma hora toda manhã antes de sair com Nadezhda para trabalhar nas fortificações, e depois passa mais muitas horas à noite trabalhando à luz de uma vela de altar.

Marina não consegue passar pela grande cadeira dourada que Viktor escolheu de um conjunto que Marina carregou do Salão Snyders lá para baixo na semana passada.

— Com licença — diz ela.

— Um momento, Marina. — Os olhos de Viktor não desgrudam da página na qual está escrevendo. Ele finalmente conclui um pensamento, toma um gole da borra de seu café, e então levanta para dar passagem a Marina. Ele lhe deseja um bom dia. Ela esconde seus sentimentos assassinos acenando com a cabeça, mas não consegue retribuir a saudação.

É mais difícil para Marina preservar sua vida antiga. Ela era guia de museu, e agora não há ninguém para guiar e nada para ver. Todos os dias, caminha pela galeria de quadros abandonada com janelas quebradas e cobertas por tábuas. Montanhas de areia estão empilhadas ao lado da entrada de cada sala para o caso de incêndio. E nas paredes há fileiras de molduras vazias, ainda penduradas como garantia de que as pinturas voltarão um dia. Toda vez que entra numa sala, ela relembra seu discurso, recolocando mentalmente o máximo de pinturas que consegue lembrar de volta a seus lugares. Ela se move como um fantasma pelos retângulos pretos e descreve mecanicamente as imagens que ficavam dentro deles. Narra a história das obras e as histórias que elas contam, destacando a gama de expressões nos enlutados de van der Goes, o modo como Velázquez usava luz e sombra para transformar tinta em uma toalha de mesa de linho com tanto peso e textura que o observador quase pode senti-la na ponta dos dedos. De canto de olho, ela pode quase ver o pedaço de pão, as romãs e as sardinhas, todos dispostos sobre um pesado pano branco, e os três camponeses posando em volta de sua mesa de almoço. Como sempre, eles estão enérgicos. Um deles parece piscar para ela.

Hoje, sua rota pelo menor dos três corredores com claraboia a leva até a Renascença Italiana. Aqui está *Judite*, de Giorgione. Ela é tão serena, tão imperturbável, que é um choque seguir seu olhar baixo pela extensão de sua formosa perna e encontrar debaixo de seu pé a cabeça decepada de Holofernes.

E aqui está *A Ascenção de Maria Madalena Ao Céu*. Ela está voando, seus olhos assustados voltados para o alto, seus braços bem abertos, seu manto e faixa vermelha seguindo seu rastro. Amparando a Madalena está um par de anjos adultos e um grupo de querubins pequenos e gordinhos a elevando pelas costas e ombros como se ela fosse um saco pesado de grãos. Domenichino também pintou estranhos querubins desencarnados no céu, cabeças de infantes apoiadas em asas batendo.

— Bom dia.

A Madalena e os querubins somem, substituídos por uma moldura dourada vazia.

Anya, uma das babushkas, cambaleia na direção de Marina. Se Anya está curiosa, ela também não pergunta o que Marina está fazendo, por que está perdendo tempo nesta sala deserta, encarando o nada. Ela para ao lado de Marina, acompanha a direção de seu olhar, e assente com apreço.

— Eu também sempre gostei desse. — Então continua: — Você soube? Precisaram fechar a Fábrica Kirov de novo. Os canalhas alemães acertaram em cheio com uma bomba-relógio que está no porão. Eles têm uma das garotas trabalhando nela.

— Um grupo de jovens mulheres foi treinado para desarmar as bombas-relógio que os alemães têm lançado agora, e o heroísmo

DEBRA DEAN

delas virou assunto das transmissões de rádio toda noite. Para minimizar a perda de vidas, elas trabalham sozinhas, uma única jovem engatinha até a cratera da bomba e batalha duramente contra um detonador. Elas são o símbolo da nova feminilidade soviética, Judites entrando sozinhas em combate contra monstros mecânicos, destruindo o inimigo para salvar seu povo.

O trabalho de Marina é menos dramático. Tudo que permanece no museu e pode ser removido está sendo transportado escadas abaixo e retirado de perigo. Desde que os bombardeios começaram, elas já carregaram centenas de cadeiras, enormes vasos de pedra e tampos de mesa, candelabros de chão, espelhos e sofás. Elas estão despindo completamente as salas, uma a uma. É um trabalho físico duro, e quase tão tedioso quanto empacotar. Ontem foi necessária uma dúzia delas o dia inteiro para carregar com dificuldade os dois candelabros de ônix do Grande Salão Italiano das Claraboias até o porão.

Hoje, os outros integrantes de sua equipe avançaram para o Pequeno Salão Italiano das Claraboias. Tudo que resta são cadeiras e mesas que podem ser carregadas pelas duas mulheres. Marina pega uma ponta de um pequeno divã, e Anya a outra. Elas o levantam e começam a refazer lentamente seus passos pela galeria.

— Lionello Spada, *Martírio de São Pedro*. Annibale Carracci, *As Santas Mulheres no Sepulcro*.

— O que disse, querida? — pergunta Anya. — Minha audição já não é mais tão boa.

Marina fica envergonhada ao se dar conta de que estava resmungando em voz alta.

— Ah, perdão. Não é nada, só um tipo de jogo que eu faço. Para ver de quantos quadros consigo lembrar.

— Está construindo um palácio de memória?

AS MADONAS DE LENINGRADO

Marina nunca ouviu falar de tal coisa.

— Eles não ensinam mais isso na escola? — indaga Anya, demonstrando desgosto. — Quando eu era garota, fazíamos palácios de memória que nos ajudavam a memorizar para os exames. Você escolhia um lugar de verdade, um palácio era melhor, mas qualquer edifício com muitos cômodos servia, e então os mobiliava com o que quer que desejasse lembrar.

— Vocês os *mobiliavam*? — Marina balança a cabeça, perplexa.

— Ora, bem, primeiro você caminhava pelos cômodos de verdade e memorizava a aparência deles. Mas uma vez que as salas estivessem guardadas na memória, você podia acrescentar o que quisesse na sua imaginação. Então, quando precisamos memorizar a Lei de Deus, por exemplo, fechávamos os olhos e colocávamos uma pergunta e uma resposta em cada sala.

Anya baixa a voz.

— A família da minha amiga de escola serviu na corte — continua ela. — Antes da guerra civil, eles tinham uma bela casa, de 35 cômodos. A casa é um ministério agora, mas quando era menina, eu a usei para meu palácio de memória. Ainda lembro exatamente o que havia em cada um daqueles cômodos. — Anya para, apoia sua ponta do divã no chão, e fecha os olhos. Depois de um tempo, seu rosto amolece.

"Quando alguém passa pela porta da frente, a entrada tem piso de mármore e um tapete persa bem grande. No meio do tapete, onde há o desenho de uma rosa, eu ponho a terceira pergunta da Lei de Deus. 'O que é necessário para agradar a Deus e salvar a alma de alguém?' Depois, vou até a lareira. Tem uma cornija de mármore preto esculpido. Dentro dela, em vez de lenha, coloco a resposta. 'Em primeiro lugar, conhecer o verdadeiro Deus e ter a fé correta nele. Em segundo lugar, uma vida de acordo com a fé e as boas ações.' — Anya abre os olhos. — Posso andar pela casa inteira desse jeito, parando em cada ponto e colocando ali o que quiser lembrar. E mais tarde, posso retornar e reaver tudo."

— Funciona?

— Eu decorei toda a Lei de Deus, todos os imperadores romanos e seus reinos, e os Romanovs também, claro. Tudo. Ainda está tudo aqui. — Ela dá uma batidinha na testa. — Sou como um velho elefante. Pode me perguntar qualquer coisa.

Marina está pronta para sair do carro. Ela precisa ir ao banheiro. Quando perguntou, Helen disse que só faltavam alguns minutos para chegar à casa de Andrei, mas Marina acha que eles estão no carro há mais tempo que isso. Ela inclina para a frente e cutuca Dmitri no ombro. Ele vira para trás do banco do carona. Presa pelo cinto de segurança como está, ela não consegue alcançar o ouvido dele.

— *Mnye nuzhno v tualyet* — sussurra.

Eles entraram numa estrada de cascalho longa, e Marina avista uma bela casa cinza em meio às árvores.

— Chegamos, mamãe — anuncia Helen. Carros estão estacionados um atrás do outro na rua, mas há uma vaga na entrada da garagem.

Marina suspira aliviada quando seu filho surge de detrás da casa e caminha em direção a eles através do gramado, com os braços abertos, cumprimentando-os. Ele vai cuidar dela.

— Vocês chegaram — diz Andrei. — É bom vê-la de novo, Helen. — Ele dá um abraço de urso na irmã. — Ouvi dizer que foi uma aventura chegar até aqui. — Marina se pergunta qual foi a aventura de Helen. Ela terá que lembrar de perguntar.

Andrei dá a volta no carro, abraça Dmitri, e finalmente se inclina para ajudá-la a sair do banco de trás.

— Como está minha garota preferida?

Ele baixa a cabeça para ouvir o pedido sussurrado de Marina.

— É claro. É urgente?

Marina assente.

— Vão vocês dois na frente. Todo mundo está lá atrás. Estamos um pouco atrasados com o ensaio, mas peçam para Naureen começar sem mim.

Ele se volta para Marina e a guia pela grama.

— Está pronta para o grande dia amanhã?

Ela faz uma rápida pesquisa dentro de si, mas não encontra nada.

— Estou — responde ela alegremente. — Amanhã vai chegar de qualquer jeito, estejamos prontos ou não.

— Isso é verdade. Tem sido uma coisa atrás da outra por aqui. Uma das damas de honra de Katie parece estar com intoxicação alimentar. E hoje de manhã a florista ligou. Uma remessa de flores ficou para trás no cais em Anacortes. — Eles sobem os degraus do alpendre lentamente.

— Talvez eu devesse ir buscá-las?

— As flores? Ah, não, Naureen está cuidado disso. Não, você apenas relaxe por ora, mamãe. — No alto das escadas, ele continua: — Você sabe o caminho, certo? Depois da sala de estar, primeira porta à esquerda?

Ela afirma com a cabeça.

— É melhor eu descer. As crianças estão impacientes. Desça para a praia depois que terminar.

O primeiro cômodo no qual ela entra está frio e escuro. A luz do sol atravessa as persianas em frestas douradas e listra o chão. Com sua lareira de pedra e vigas expostas no teto, a sala a faz lembrar das velhas dachas e cabanas de caça. Ela olha para a lareira, mas não há nada lá dentro a não ser a casca preta de um tronco. Na frente da lareira tem um sofá e, sobre ele, um saco de dormir vermelho de náilon. E aqui está uma fotografia de três pessoas sorridentes. Andrei. Sua esposa. Pense. Qual é o nome dela? Naureen. Coloque-a na lareira. Naureen. E uma menininha de aparelho nos dentes.

Sua bexiga reclama insistentemente, lembrando-a de que precisa ir ao banheiro. Andrei disse depois da sala de estar e então... nada. Bem, simplesmente encontre, ela pensa. Aqui é a sala de estar. Atravesse-a.

Marina entra na sala de jantar e depois numa cozinha espaçosa. Pelas janelas da cozinha, ela pode ver um gramado que desce suavemente até a água. Um grupo de pessoas está reunido perto da praia. Passando a cozinha e a lavanderia há uma escada que sobe. Além da escada, ela vira num corredor com portas de ambos os lados. Ela abre cada uma. Um quarto. Outro quarto. Uma sala com uma televisão que parece uma tela de cinema. Finalmente, já não era sem tempo, um banheiro.

É uma delícia urinar depois de segurar por tanto tempo. Ela escuta a música de água caindo em água e sente o maravilhoso alívio dentro dela. E sentar num lugar quente e privativo, não agachar sobre um penico frio amargo. Parece que um dos efeitos dessa deterioração é que, conforme o escopo de sua atenção diminui, ela também foca como uma lupa em pequenos prazeres que escaparam à sua atenção durante anos. Marina mantém esse tipo de observação para si. Uma vez tentou mostrar a Dmitri a interminável beleza de uma xícara de chá. Parecia âmbar com brasas de luz mergulhadas, e quando erguida de certa forma, havia um arco-íris no vidro que tirou seu fôlego. Ele assentiu solidariamente, mas sobretudo pareceu preocupado. O que ele pensaria se ela lhe dissesse agora que xixi tem som de sinfonia?

Sim, não é lindo? Seu nome é Salão do Renascimento Italiano, um ótimo exemplo de arquitetura historicista. Notem a bela ornamentação dourada no teto e sobre as portas. As colunas aqui são feitas de jaspe, e essas portas impressionantes são incrustadas de madeiras preciosas e decoradas com camafeus de porcelana pintada.

Deixe-me chamar a atenção de vocês para este detalhe, por favor. Em meio a todo esse esplendor, seria fácil não notá-lo, ele é tão pequeno e discreto, mas é um dos tesouros da coleção. É primoroso, não é? Tanta fluidez e graça. Simone Martini era o principal artista da escola de Siena no começo do século XIV, e seu trabalho é especialmente raro. Esta pequena madona um dia foi a metade de um díptico dobrável; a outra asa, que desapareceu, retratava o anjo Gabriel. Então o observador moderno pode ver apenas parte da pintura. Para nós, ela parece estar perdida nos próprios pensamentos, com a cabeça inclinada em sonhadora contemplação. Mas na verdade ela está dando ouvidos a um anjo invisível que lhe revela que em breve ela dará à luz o filho de Deus.

A neve chegou cedo este ano. Ainda estamos em outubro, mas já tem cinquenta milímetros no telhado. No rádio, isso é anunciado como um bom sinal, porque significa que o inverno está chegando, e o inverno sempre foi a salvação da Rússia. Foi o inverno russo que fez Napoleão dar meia-volta, e agora, dizem, vai manter Hitler longe de Moscou.

Os nazistas voltaram seus exércitos em direção a Moscou, e apesar da bravura suicida do Exército Vermelho e da cidadania, eles têm avançando inexoravelmente, assim como fizeram quando se deslocaram na direção de Leningrado. Mas há sinais de que a neve e a lama estão retardando o progresso deles.

E, nessa frente de batalha, os alemães pararam completamente de avançar. Parece que afinal decidiram não invadir e simplesmente arrasar Leningrado com bombas. Em alguns dias, os ataques aéreos chegam a doze. Há noites nas quais Marina nunca abandona seu posto no telhado. Durante o dia, o trabalho tem sido interrompido com tanta frequência que começaram a ignorar as sirenes. O barulho é ensurdecedor, mas eles trabalham com ele mesmo assim, ouvindo o lamento de lançamentos e o estampido de bombas, e com uma parte do cérebro, calculam a distância.

AS MADONAS DE LENINGRADO

Esta manhã, no entanto, está silenciosa. Os interlúdios entre bombardeios são o que sobressai. Começou a nevar novamente, e os flocos caem lentamente do lado de fora das altas janelas em arco do Salão do Renascimento Italiano. Marina nunca ouviu silêncio tão profundo, apenas o som de seus próprios passos e os de Anya no piso de tacos.

Anya está ajudando Marina a construir um palácio de memória no museu.

— Alguém deve lembrar, senão tudo desaparece sem deixar rastro, e então podem dizer que nada existiu — diz Anya. Dessa forma, toda manhã elas acordam cedo e atravessam lentamente os corredores. Elas acrescentam mais algumas salas a cada dia, reabastecendo mentalmente o Hermitage, quadro por quadro, estátua por estátua.

A velha senhora para diante de uma moldura arqueada e desliza o espanador de penas sobre os cantos. Marina percebeu que ela toma muito cuidado para espanar apenas a moldura e não o lugar que a pintura em si ocuparia. Marina para atrás dela.

— Uma madona — diz Marina, mas sua mente é uma folha em branco. — Só um minuto, não me conte.

É uma madona, mas deviam haver centenas delas nestas salas, e quando Marina está cansada e faminta, elas começam a se misturar. Ela está sempre cansada e faminta agora, mesmo depois de comer.

Marina encara a parede, mas tudo que consegue ver são mulheres em enormes saias armadas e cavalheiros satisfeitos consigo mesmos vestindo perucas brancas. Por algum motivo, o Salão do Renascimento Italiano se tornou um lar temporário para uma dúzia de retratos da corte rumo às catacumbas. Todos eles foram deixados apoiados contra as paredes.

Pense, ela repreende a si mesma. Tudo no museu foi disposto numa ordem estrita de cronologia e procedência. Então, depois dos dois Gerini, da escola florentina do início do século XV, vem... o quê?

— Feche os olhos — instrui Anya. — Com os olhos abertos tudo que conseguirá ver será a sala como ela está agora.

Marina obedece.

— Agora, entre em sua memória e finja que está guiando uma visita novamente. Entre no salão de novo.

Ela se imagina entrando no salão. Está guiando um grupo de duques e duquesas, as figuras dos retratos da corte. O Salão do Renascimento Italiano, ela informa a eles. Nos dias de vocês, era conhecido como Primeiro Salão de Recepção. Vocês teriam aguardado aqui para encontrar o embaixador ou membros da corte. Ela pode ver as paredes brancas de estuque, entrecortadas por pilastras com painéis. As pinturas estão penduradas em uma única fileira sobre o lambril de pedra azul.

Efetivamente, as pinturas começam a entrar em foco em sua cabeça: os crucifixos, os santos, a madona em seu manto verde-escuro e auréola dourada.

— Essa é a que está com os dois santos e os anjinhos aos ouvidos. Ah, qual o seu nome mesmo? — Marina hesita e então a resposta surge de supetão: — *Madona e Menino com Santiago Menor, São João Batista e os Anjos*. Bicci di Lorenzo. Escola florentina. Não lembro as datas.

Marina achou que seria mais fácil. Afinal, ela guiou visitas nessas salas durante dois anos, e se orgulhava de ter aprendido mais sobre a coleção do que alguns guias que trabalharam lá por uma década. Mas logo percebeu como seu conhecimento é

AS MADONAS DE LENINGRADO

inconsistente. Nas visitas gerais ao museu, eles ignoravam alas inteiras e conduziam grupos por muitas salas sem parar para olhar. Até em excursões especializadas pela galeria de pinturas, eles só descreviam algumas obras selecionadas em cada sala. Nesta sala, por exemplo, paravam apenas na menor pintura da sala, a *Madona da Anunciação*, de Martini.

Ela não tem dificuldade com as peças que estavam em seus roteiros de visitas, mas é mais difícil lembrar as pinturas entre elas, apesar de já ter passado por elas milhares de vezes. E ainda havia os incontáveis vasos e bibelôs, e todos os cupidos de mármore e bustos e torsos.

Anya, entretanto, era auxiliar de sala. Ela passava o dia inteiro sentada no mesmo lugar, e, ao longo dos anos, parece ter gravado o museu inteiro na memória. Ela pode entrar numa sala, ir a qualquer ponto da parede, e descrever para Marina o que havia lá. Ela não tem educação formal em arte e não sabe nada sobre estilos ou escolas ou as procedências individuais, às vezes nem mesmo o nome do autor da obra, mas conhece a aparência de tudo. Sua memória é limitada apenas pelo que não podia ver de sua cadeira. Por exemplo, no Saguão das Vinte Colunas, onde a coleção numismática estava exposta, Anya pode descrever cada vaso sobre seu pedestal e a localização exata no saguão das diversas vitrines, mas, pelo que saiba, o conteúdo dessas vitrines podia ser botões ou balas. Fora isso, ela é uma maravilha. Marina tem dúvidas se o próprio diretor Orbeli conhece o conteúdo do museu como Anya. Na verdade, ela se perguntou se deveria contar a Orbeli sobre Anya. Ela não poderia ser útil quando a arte voltar para cá, para acelerar a organização?

Quando tocou no assunto com tio Viktor, todavia, ele falou:

91

— Estou certo de que Iosef Abgarovitch sabe o que tem em seu próprio museu, Marina, e não precisa da ajuda de uma das babushkas.

— Mas não é incrível? — insistiu Marina. Ela sentia como se tivesse descoberto um tesouro, o mesmo que tio Viktor deve ter sentido quando encontraram o primeiro cuneiforme em Karmir-Blur. — Ela conhece as peças importantes. Estávamos caminhando pela galeria 1812 ontem e ela descreveu os rostos dos generais. — Há mais de trezentos retratos daqueles, e para Marina eles são indistinguíveis uns dos outros.

Viktor, porém, não estava particularmente interessado.

— É um truque de salão, Marina. De que isso serve se ela nem sabe quem eles são?

Foi uma boa pergunta, e Marina não sabe como respondê-la. Ela acha que de alguma forma deve importar mesmo assim, contemplar a arte mesmo quando não se sabe o que ela significa.

O Salão Leonardo está abafado como um viveiro. Aqui não há molduras, apenas os dois painéis independentes que sustentavam as madonas de Leonardo. Marina se detém no primeiro painel e recita.

Madona e Menino, também conhecida como a *Virgem Benois*, de Leonardo da Vinci. Um dos primeiros trabalhos de Leonardo, uma das duas madonas iniciadas por ele em Florença em 1478. Este é um dos poucos originais incontestáveis do mestre.

De todas as madonas no museu, Marina jamais poderia esquecer dessa. Ela amava essa mãe e filho e sente falta dos dois com uma dor particular. A Maria é completamente humana, não uma beleza remota e sim uma jovem encantada pela surpresa dessa criança, e o menino Jesus é tão gordinho e tem covinhas, um bebê rechonchudo como Misha quando era mais novo. Ele

AS MADONAS DE LENINGRADO

está empoleirado no colo de Maria, seus dedos roliços agarram a flor que ela segura na sua frente e a estudando como um cientista. Secretamente, ela pensa nessa pintura como sendo dela. Com a testa alta de Maria, elas até se parecem, e Marina às vezes fantasiava que ela mesma poderia ter sido a modelo.

— Que bagunça. Você viu isso? — Anya está diante do outro painel, o que sustentava a segunda madona de Leonardo. Ela balança a cabeça e estala a garganta, apontando o chão a seus pés. A areia voou ou foi carregada até ali do canto, onde está amontoada sobre uma lona. — Isso vai arranhar o verniz.

Ela aponta para o outro lado da sala, onde uma vassoura foi deixada apoiada no batente da porta.

— Pegue aquilo para mim, por favor, querida.

Marina atravessa o piso de tacos e apanha a vassoura. Quando vira, a velha está ajoelhada na frente do painel como uma penitente diante de um altar, com a cabeça baixa e a saia esparramada no chão.

Ela percebe que Marina a está observando e diz:

— Vou fazer uma oração por você também.

— Eu não sou crente — protesta Marina.

A velha mulher a avalia.

— Todo mundo acredita em alguma coisa. — Então sorri e continua: — Mas você quer dizer que é culta demais para acreditar nas besteiras supersticiosas dos velhos, não? — Ela espera Marina responder, mas a garota é educada e não diz nada. — Então minha prece não lhe fará mal.

Com um gesto ensaiado, a velha toca os dedos na testa, na barriga, e em cada um dos ombros e começa a murmurar baixinho. Marina desvia o olhar, com o mesmo constrangimento que sente quando testemunha os espasmos desajeitados dos aleijados ou os discursos raivosos dos retardados. Ela se pergunta se deveria deixar Anya sozinha, mas isso também parece grosseiro, então ela espera, apoiada na vassoura e encarando a parede vazia para a qual Anya está rezando.

Do quadrado escuro de painel que assinala onde a pintura um dia esteve, a Madona Litta se materializa. Com seu nariz aquilino e traços de porcelana, a madona é o estudo perfeito do contentamento, mirando seu filho mamando. O menino Jesus, no entanto, está no centro do quadro. Ele não é um monte vazio de doce carne rosada, e sim alguém que já merece uma presença adulta. Com uma das mãos, ele segura o seio exposto e mama distraidamente, seus olhos escuros sombreados olham para fora do quadro, examinando a cena diante dele, uma faxineira soviética idosa ajoelhada a seus pés. Ele não parece surpreso.

Quando Anya termina suas preces, ela faz o sinal da cruz novamente, desamassa sua saia, e pede a Marina que varra a areia da bainha. A velha mulher lambe os dedos e recolhe grãos dispersos. Marina enfia o espanador de pó debaixo do braço e ajuda a senhora a ficar de pé novamente, com a saia cheia de areia. Antes de partirem, Anya pressiona os lábios contra os dedos do pé do menino Jesus e murmura alguma coisa para ele. Da porta, Marina olha por cima do ombro e vê o menino Jesus ainda as observando prudentemente. E então ele cospe o mamilo da boca e arrota.

— Estamos as duas loucas, ela pensa.

Ela sabe que suas visões são facilmente explicadas pela exaustão. Pela fome. Por todo o desgaste de estar vivendo como gado. Mas são também uma ilusão necessária, um presente.

Passando por uma tenda branca ondulante, a festa de casamento, cerca de vinte pessoas estão reunidas na praia, onde um batalhão de cadeiras dobráveis faz face a um caramanchão alugado, e depois dele, as águas abrigadas de Pillikut Bay.

— Olá! — Uma mulher profissionalmente animada aborda Helen e Dmitri enquanto atravessam a grama. — Eu sou Sandy Holcomb, a cerimonialista. E vocês são...?

— Dmitri Buriakov e Helen Webb — responde Helen.

A cerimonialista se anima e exclama:

— Maravilha! Estamos quase começando. Vocês se importariam de sentar aqui e nos dizer se conseguem ouvir todo mundo?

— Uma cerimonialista? — pergunta Dmitri a Helen. — Já ouviu falar em uma coisa dessas?

Enquanto a profissional leva todos no seu ritmo, Helen e Dmitri ficam sentados na última fileira, onde convidados estarão reunidos para a cerimônia amanhã. É como assistir a um ensaio de teatro comunitário. Conforme o irmão e dois amigos do noivo acompanham as mães pelo gramado, eles destroem pouco a pouco as fracas tentativas de parecerem sérios com sorrisos envergonhados. O jovem que acompanha a mãe da noiva cochicha algo no ouvido dela. É possível, pensa Helen, que ele esteja flertando com ela. Naureen é apenas alguns anos mais nova que Helen, mas é bronzeada e atlética, um daqueles tipos magros, como Katherine Hepburn, que parecem nunca envelhecer.

Helen lembra como todos ficaram surpresos quando Andrei, com 36 anos de idade, apareceu com Naureen. Ele parecera tão destinado a permanecer solteirão. Helen não consegue se lembrar de ele jamais levar uma garota para casa antes ou demonstrar interesse por alguma. Embora suas próprias amigas sempre ficassem acanhadas e cheias de charme ao conhecê-lo, ele era irremediavelmente sério e friamente indiferente aos gracejos delas, um nerd que parecia satisfeito em mergulhar nos livros.

Mais tarde, sua vida girou em torno do trabalho, e uma especialização em transplantes de córnea significou que seu horário seria mais ou menos ditado pela aleatoriedade de acidentes de carro. Ele só saiu de casa quando comprou um apartamento a poucos metros do hospital. Helen foi lá uma ou duas vezes, e tudo que você precisava saber sobre a vida particular de Andrei na época podia ser lido naqueles cômodos escassamente mobiliados: embalagens de comida para viagem na bancada da cozinha, um cacto morto no parapeito, sacos de lavanderia vazios jogados sobre um banco de bar. Ele trouxera seu conjunto de quarto de madeira de bordo de casa, e o criado-mudo tinha pilhas de periódicos médicos, e a cabeceira era coberta de agulhas com fios. Quando Helen perguntou, ele explicou que à noite ficava deitado praticando pontos no escuro, para que pudesse realizar cirurgias usando óculos com lente de aumento.

— A ampliação é tão grande que fica tudo embaçado. É como estar cego — explicara ele, aparentemente sem ironia.

Helen imagina que provavelmente ele jamais tenha tido um encontro que não tivesse sido arranjado. Por isso, quando seus pais telefonaram para ela em Phoenix e contaram que Andrei conhecera uma garota e que parecia sério, Helen a rotulou como uma caçadora de maridos excepcionalmente determinada com o objetivo de fisgar um cirurgião. Quando Naureen se revelou bonita e, para completar, dez anos mais nova que ele, Helen confirmou suas suspeitas. Ela não era especialmente próxima do irmão, mas também não gostava que ele fosse enganado.

Aquilo foi há 25 anos, e Helen admite abertamente ter julgado mal. Naureen é a melhor coisa que poderia ter acontecido a Andrei, dando a ele um lar e uma vida que jamais teria conquistado sozinho. Sob seus cuidados, ele até desenvolveu alguns interesses externos e pode manter uma conversa sobre restaurantes ou política ou esportes locais. No ano passado, ela o presenteou com uma vara de pesca de titânio e aulas.

— Estou o incentivando a ter hobbies — brincara ela. — Ele vai ter que se aposentar em algum momento, e não posso tê-lo vagando pela casa o dia inteiro.

Ela parece adorar Andrei, e ele, por sua vez, amolece visivelmente na presença dela, seu autocontrole cuidadoso derrete de gratidão como um cocker spaniel quando ela o elogia ou pega seu braço. Se é só pela aparência, Helen jamais notou uma rachadura na fachada. Eles realmente parecem apaixonados, mesmo depois de todos esses anos.

Atrás de Naureen vem uma garota que parece ter uns cinco anos e é sobrinha do noivo. Ela caminha com resoluta concentração, jogando com determinação punhados de pétalas imaginárias de seu cesto de vime. Seu irmão mais novo para como uma pedra abaixo da altura das cadeiras e encara o grupo reunido com suspeita evidente. A gargalhada que irrompe o humilha, e ele cambaleia de volta para a mãe. É preciso uma boa dose de insistência para seduzi-lo de volta ao corredor.

— Certo, grupo — diz a cerimonialista —, vamos só terminar isso e depois podemos relaxar e nos divertir. — Uma espiada e fica claro que diversão espontânea não é o forte dela.

— Damas de honra, podem ir com calma. Contem até cinco antes da próxima. Isso mesmo.

Uma ruiva de shorts e sapatos pretos de cetim dá passos lentos e hesitantes pelo gramado, segurando um buquê imaginário e parecendo prestes a cair do salto a qualquer momento.

— Agora vamos deixar um espacinho para a dama de honra ausente. Como ela está se sentindo? Bem, de um jeito ou de outro, os músicos vão continuar tocando até todos atravessarem o corredor. E então a irmã. — Depois de um intervalo chega Jen, irmã do noivo.

— Agora contem até dez. A música vai mudar para a marcha nupcial.

— Não — diz Naureen. — Eles vão tocar o *Hino à Alegria*.

— Está bem, então esperem a transição. E aí está. — Ela levanta a mão. — Katie, sr. Buriakov.

Enquanto Katie e Andrei se aproximam da praia num ritmo calculado, Dmitri se levanta e Helen o acompanha, os substitutos dos convidados. A noiva desliza pelo gramado desigual, e uma das mãos segura um buquê de laços e flores de papel de seda coladas num prato de papel coberto com uma toalhinha de renda, e a outra descansa levemente no braço do pai. Mesmo vestindo jeans e camiseta, ela está radiante. Ela tem uma expressão que Helen vê às vezes em noivas e novas mães, mas que ela mesma nunca experimentou: um olhar claro e brilhante que observa o mundo exatamente como ele é e o declara bom.

AS MADONAS DE LENINGRADO

O ensaio se arrasta, e Helen se distrai com lembranças de seu próprio casamento. Qualquer pessoa com uma péssima intuição poderia ter previsto o futuro nos resíduos daquele dia. Quando chegou à igreja com os pais, Don estava parado na entrada, fumando um cigarro. Marina tentara afugentá-lo, alegando que seria má sorte ver a noiva antes da cerimônia, mas Don apenas respondeu:

— Acho que já tivemos nossa má sorte.

Dmitri fica olhando para a casa atrás deles, e finalmente cochicha:

— Vou procurar sua mãe. — Ele está prestes a se levantar, mas Helen põe a mão sobre a dele.

— Tem algo errado, papai?

— Nada com que se preocupar. — Quando percebe que essa era exatamente a resposta que a preocuparia, tenta consertar. — Sua mãe não gosta de confessar os próprios limites, mas ela precisa de uns pequenos cuidados. Só isso. Seu irmão exagera. Você sabe como ele é.

Claro que ela sabe. Helen aperta a mão do pai.

— Sente-se. Eu vou buscá-la.

Dentro da casa, Helen chama sua mãe. Bate à porta fechada do banheiro.

— Mamãe? Você está bem?

Depois de um instante, sua mãe dá descarga e aparece.

— Está perdendo o show — diz Helen.

— Estou?

— Não, não exatamente. Só estão ensaiando a cerimônia. Na verdade, só vim ver se você estava bem.

— Bem?

Sua mãe parece um pouco intrigada, e Helen tem consciência de como deve estar soando boba.

— Não sei o que acontece em casamentos. Estou sempre esperando algum desastre. Lembra do meu casamento?

Marina assente.

— Você foi uma noiva linda.

Helen revira os olhos.

— Mamãe, eu estava um caco, você estava prestes a cancelar tudo. Não lembra?

Helen nunca esqueceu. Em pé na salinha ao lado da capela, ela chorava e sua mãe se virava para ela dizendo que não era tarde demais, eles ainda podiam mandar todos de volta para casa. Nem se tivesse surgido com um terceiro olho teria deixado Helen mais atordoada.

— Eu lembro — afirma Marina. — Não falei aquilo porque você estava um caco. Falei porque você não precisava daquele rapaz. Bebês só precisam de leite materno e de fraldas limpas. — O tom de sua voz é direto, prático.

Helen fica impressionada mais uma vez. Na época, ela dispensara a oferta. Era 1970 e, pelo menos em Seattle, ter um bebê fora do casamento ainda era um vexame impensável. Ela não tivera imaginação nem coragem para vislumbrar uma alternativa ao casamento, mesmo, ou especialmente, quando a alternativa foi sugerida por sua mãe.

Agora ela tem vontade de perguntar a essa doce senhorinha de blusa de babado e sapatilhas sensatas: Quem é você, afinal?

Mesmo dormindo, Marina escuta as sirenes de ataque aéreo. Nas entranhas do Hermitage, o alarido das sirenes lá em cima é abafado, mas ela é como uma mãe sintonizada ao choro de sua cria. Ser mãe deve ser assim, ela pensa, essa exaustão interminável, dias e noites medidos pelos prantos de um bebê. Mas como uma boa mãe, apesar de praguejar sozinha, ela levanta, pega o binóculo e a pele de carneiro, e sobe os degraus até seu posto. É hora de seu turno.

Para chegar ao telhado, ela tem primeiro que atravessar o Saguão das Vinte Colunas. À noite, o salão fica escuro e absolutamente aterrorizante. Como não há cortinas blecaute, luzes são proibidas, e s uma única lâmpada minúscula pisca como uma estrela distante na base da porta mais distante.

Ela faz uma pausa breve na entrada e recupera o fôlego, tentando desacelerar o coração aos pulos. Parece um medo bobo diante de todos os verdadeiros terrores, mas essa travessia a amedronta.

Marina pisa delicadamente no vazio e tenta por alguns passos pegar o caminho direto até o centro do salão. Mas é demais andar sem rumo na escuridão. Ela volta de costas até suas mãos tocarem uma parede, e então caminha rente a ela, passo a passo, abraçando a beirada da sala. As colunas cortam a visão de sua pequena luz guia, mas ainda é ligeiramente melhor que a vertigem do espaço vazio.

É tão escuro que ela sequer consegue enxergar as próprias mãos, apenas sentir as paredes e ouvir seus passos ecoarem no chão de mosaico. Ser cego deve ser assim. O escuro não é sólido, entretanto. Ele tem camadas de tons de preto. De repente formas enormes surgem das sombras. As colunas, ela lembra a si mesma.

Nas profundezas do enorme salão, ela sente o ar estático ao seu redor mudar, e algo paira no limite de seu campo de visão. Ela pensa escutar seu nome sendo sussurrado.

— Olá? — Sua voz sai baixa e rouca. Ela escuta atentamente, além das marteladas de seu coração em seus ouvidos, além da sirene uivante lá fora. Nada. Dando mais um passo à frente, ela escuta sua pegada e o que pode ser seu eco ou os passos de outra pessoa na sala. — Tem alguém aí? — A sensação de outra presença, apesar de livre de qualquer evidência física, é inabalável. Ela sente uma sensação animal de estar sendo observada.

Se não se mantiver em movimento, não vai conseguir continuar. Ela lembra que tem um dever lá em cima, fecha os olhos e força os pés a avançarem firmemente, as mãos apalpando a parede. Ela começa a cantar, bem alto, uma canção forte sobre o vitorioso Exército Popular que tem tocado incansavelmente nos alto-falantes durante o dia e no rádio à noite antes do fim da transmissão. Irmãos lutando lado a lado / Marchando por nossa visão / Apesar de ensanguentados e cansados / A virada da maré nos levará à firme vitória. Na metade de um segundo refrão ofegante, a lâmpada guia pisca em seu campo de visão novamente e ela corre agradecida para a saída.

AS MADONAS DE LENINGRADO

O vento que vem do rio sopra jatos de neve gelada no telhado do Hermitage, uma desolada estepe. Ao alcançar a plataforma, Marina senta e enrola a pele de carneiro mais perto do corpo.

Tirando as sirenes, é uma noite quieta, ainda sem aviões. Mas a lua está subindo, então eles virão. Ela odeia a lua. Sua luz fixa e morta atrai os aviões fascistas como mariposas. Embora saiba que suas perspectivas foram envenenadas pela guerra, é difícil entender por que poetas fazem tamanho rebuliço romântico por causa de um disco feio e marcado.

Ela afunda o rosto na lã, sentindo o chamado do sono que ameaça engoli-la. A maioria se reúne em pares para se manterem acordados e passarem a noite conversando, mas Olga Markhaeva está doente. Ela está com uma disenteria que tem afligido a equipe. Marina a tem coberto nas últimas noites para que ela não perca suas rações de trabalho. Quando Marina manda um rádio lá para baixo, ela finge que Olga está aqui em cima com ela. Ela suspeita que Sergei Pavlovich não tenha sido enganado, e que na verdade ele está conspirando junto com ela para proteger Olga, mas ele não diz nada.

Para se manter acordada, ela pratica seu palácio de memória. Andar pelas salas de verdade de dia não é mais o desafio que costumava ser. Em algumas delas, as molduras vazias fornecem um mapa, e tudo que ela tem que fazer é preenchê-las. Mas, à noite, ela precisa trabalhar apenas com a memória. Esta noite ela se imagina no Salão Rembrandt, começando pela entrada leste. Ela fecha os olhos e se coloca no vão da porta. Ela observa as paredes verdes, o lambril de mármore, a solenidade da sala povoada por quietos rostos e figuras holandesas, e então começa a conjurar a primeira pintura que veria.

103

É *Old Woman with a Book*, de Ferdinand Bol, uma megera de aparência severa em trajes de viúva, segurando uma bíblia aberta sobre o colo. Seu marido foi um bom provedor para ela, pode se notar pelo grande broche em seu peito, mas sua expressão sugere que ela fará seus herdeiros rastejarem e depois deixará tudo para a Igreja.

Na frente dela está *Flora*, um retrato da jovem esposa de Rembrandt, Saskia, pintado no primeiro ano de casamento deles. O rosto de lua de Saskia não chega perto do da deusa da primavera, mas o recém-casado Rembrandt estava tão claramente apaixonado por ela que ela reflete a felicidade dele. Ela está vestida elegante e luxuosamente, com sedas e brocados, e para insinuar que ela é a deusa da primavera, seu acessório de cabeça é um luxuoso buquê de flores barroco. Uma tulipa se dependura como um sino de sua orelha esquerda. Em uma das mãos, ela segura um cajado similarmente adornado com flores, e a outra mão descansa no que parece ser a princípio sua barriga de gravidez. O corpete estufado é apenas a moda da época, mas Marina imagina que Saskia esteja torcendo pela existência de um bebê, de tão introspectivo e imóvel que é seu olhar.

Ao lado de Saskia, o aprendiz de Rembrandt levanta o olhar de seus escritos e parece estupefato pela cena que encara. Quando você se vira para acompanhar a direção de seu olhar, lá está ela, um nu relaxado ocupando toda a parede. A mulher nua a princípio parece proteger os olhos do escárnio da velha amarga de Bol, mas não, ela está olhando para outra pessoa.

Este é o primeiro nu em tamanho real do pintor. Ele ilustra o mito de Dânae, uma bela princesa cujo pai, o rei, trancou-a numa torre de bronze para deter potenciais pretendentes. Lá, ela é visitada por Zeus, que a admira. Como é de hábito para ele quando deseja satisfazer suas paixões, ele se transmuta — com a bela Leda, tornou-se um cisne, com Europa, um touro branco, com Antíope, um sátiro, e assim por diante — mas com Dânae ele assume a forma de uma chuva de ouro. Aqui Dânae está protegendo a face de sua luz, ou talvez esteja tentando alcançá-lo, é tentadoramente difícil dizer. Mas esta noite a vida dela vai mudar. Ele vai engravidá-la. Com o tempo, ela dará à luz um deus, Perseu.

E lá está *O Sacrifício de Isaque*. Muito dramático, o corpo de Isaque é flácido e reluzente. Seu rosto está coberto pela mão de Abraão.

Retrato de um Judeu Velho. Marrom. Um rosto velho. Mãos velhas.

Davi e Urias. Os mantos vermelhos. O escriba em segundo plano.

A Sagrada Família. Mãe. Bebê.

O Retorno do...

O Retorno do...

A luz diminui de intensidade, e os marrons e dourados quietos do povo de Rembrandt retornam para a escuridão. Lentamente, a sala desaparece sob seus pés, e ela está subindo para o céu, voando.

É como um sonho lindo e perturbador. Ela está quase nas nuvens, a lua se aproxima e se afasta, prateando a cidade fantasmagórica lá embaixo. Ela pode ver o telhado do Palácio de Inverno, e então além das fileiras de estátuas de cobre enfileiradas em seu perímetro, além dos pináculos da igreja cravando o céu negro, além do domo pálido da Catedral de Santo Isaque. Abaixo dela, o rio Neva congelado brilha e ondula. Acima dela, os dirigíveis pairam silenciosamente nas nuvens. Durante o dia, eles são salsichas feias. Mas à noite nadam como enormes baleias brancas num mar escuro.

Ela está nadando com as baleias. Ela ouve o que parece ser o silvar rítmico de suas respirações. E então há alguém a seu lado, respirando quente em seu ouvido, acariciando sua barriga e a parte interna de suas coxas, puxando-a para perto. Marina. A voz sussurra seu nome. Marina. Venha até mim.

Ela se sobressalta, ouvindo o zumbido dos aviões ao longe. Quem saberia quanto tempo ela ficou aqui, uma hora, talvez duas, ela não consegue consultar seu relógio de pulso.

Ela encontra seu rádio e o liga.

— Alô? — Ela está tremendo, mas não é de frio. Seu corpo parece líquido e quente. — Sergei Pavlovich, aqui é a Plataforma Norte. Estou na escuta. Câmbio.

Ela tira os binóculos do estojo e os leva até os olhos. À distância, ela localiza as silhuetas dos aviões se aproximando. Quando direciona os binóculos de volta em direção à barragem, sua visão é subitamente preenchida por uma silhueta enorme. Inexplicavelmente, uma das estátuas do telhado do Palácio de Inverno foi transportada a várias centenas de metros ao norte até o telhado inóspito do edifício do Novo Hermitage. A estátua, um deus nu, reluz à luz da lua, equilibrada na ponta do telhado, tão perto da beira que, desse ângulo, parece que está flutuando suspensa sobre o rio.

Ela está transfigurada. Enquanto observa, a estátua vira lentamente na sua direção. Ele é chocantemente belo e ofuscantemente luminoso. Marina levanta a mão para proteger seus olhos da luz.

— Ah, meu Deus. — Embora sua voz pareça sumir em meio ao vento, a estátua sorri para ela e estende o braço em sua direção, acenando. Seu peito aperta. Ela sente um choque de reconhecimento, como num sonho quando alguém de repente sabe, sabe com certeza inabalável, não importa que provavelmente seja impossível.

— O que foi? Marina? — É a voz de Sergei. O rádio. Ela mal consegue levá-lo até a boca.

— Há um... — começa ela, mas sua voz falha. — Um homem. — Ela não está falando alto o suficiente para ser ouvida. Ela arfa.

— Tem alguém aqui em cima — diz ela. Ela se abstém de mencionar que ele está nu.

— Não entendo. Está falando de Olga Markhaeva?

— Não. — Ela respira. Seu coração está palpitando violentamente. Tudo é dourado, claro, quente. Ela fecha os olhos contra a luz e o rádio cai de sua mão. Ela se sente levantando pela noite num lento e latejante pulsar, e se deixa ser levada por ele.

Sua pele estala com um toque deslizando em seu pescoço, circulando primeiro um mamilo, depois o outro, cada toque enviando descargas de corrente elétrica que percorrem por dentro dela. A longa e agonizante extensão de sua barriga, as dobras úmidas e acetinadas entre suas coxas. Ela sente o calor que irradia dele se expandindo dentro dela, e, frenética, balança para a frente e para trás, para a frente e para trás, escalando selvagemente uma série de ondas fundidas. A batida de asas acelera, aumentando até um rugido, e ela vira do avesso com um relâmpago de calor. Um leite morno atravessa seus membros e vaza por entre suas pernas.

É como estar debaixo d'água, subindo em direção à luz e ouvindo vozes abafadas sobre a superfície.

— Olha. Está vendo a águia, Marina?

— Conseguimos lugares bem atrás da linha de chegada, cinco fileiras para trás. Dava para ver os caras cuspirem.

— Você está vendo?

— Que nota você daria para aqueles?

— Ah, Jen conseguiu alguns clientes. Eles têm sido bem chatos. Acho que quiseram compensá-la.

Marina está sentada numa cadeira confortável no pátio com sua nora. Ela sabe que passou algum tempo e que todos a sua volta continuaram neste mundo sem ela, conversando e bebendo.

É lindo aqui. O sol está bem acima do horizonte, riscando o céu com longas tiras de roxo e laranja, tingindo a mata de uma sombra aveludada. Atrás dela, há música vindo das janelas abertas e, a intervalos regulares, uma sequência de sons metálicos de fliperama apita e uma gritaria anuncia que uma das crianças marcou ponto no computador no andar de cima.

Todos estão olhando para cima, e Naureen aponta para Marina uma silhueta escura deslizando pelas correntes de ar, com as asas esparramadas como dedos abertos.

— Pássaros não são lindos? — comenta Marina.

— É uma das coisas que amo ao vir para cá — concorda Naureen. — Há um casal num ninho em White Point, e os vemos quase todo dia.

— Um casal de pássaros azuis fez um ninho em nosso cesto suspenso — diz Marina. — Havia dois ovos, mas um dos filhotes não sobreviveu. Os pais cuidaram dele por semanas, e aí um dia o passarinho voou para longe e foi a última vez que o vimos.

Eles ficam em silêncio por um instante, observando a águia.

— Pássaros não são lindos?

— Sim.

— Um casal de pássaros azuis fez um ninho em nosso cesto suspenso.

— Marina, você já terminou? Mal tocou a comida.

Marina analisa a tigela de sorvete derretido diante de seus olhos. Parece um pouco a geleia do cerco.

— Marina?

— Talvez eu coma mais um pouquinho.

— Posso pegar mais para você. Esse já está todo derretido.

— Não, é assim mesmo que eu gosto, meu bem. — Ela come uma colherada só para confirmar o que disse. — Comíamos uma geleia feita de cola de madeira.

— O quê?

— Cola de madeira. É usada para colar as molduras.

— Você comeu cola? — Naureen parece intrigada. Marina fica pensando se teria usado a palavra errada. Cola. Cola. Parece errado de certa forma.

— Cola, para grudar coisas? Era feita de tendões de carne bovina, eu acho. Nós a derretíamos. Era bem gostosa, eu lembro.

— Santo Deus. Isso foi durante a guerra? — pergunta Naureen.

— Sim, querida. — Marina sorri. — Não comíamos antes. Não era *tão* bom assim.

— Não posso imaginar. Quero dizer, a guerra.

— Não, não foi imaginável.

As pessoas vêm à memória de Marina. Um redemoinho de rostos e corpos: as mulheres nuas nos banheiros públicos, mulheres com pernas enegrecidas oscilando sob a luz embaçada, Olga Markhaeva gritando a localização dos incêndios, a massa cinzenta enfaixada de humanidade nas ruas, se movendo como fantasmas. Uma mulher emaciada caiu na neve, um corvo com olhos ocos estica as garras em sua direção. Os olhos de Marina estão lacrimejando, e ela balança a cabeça violentamente.

— Você está bem, Marina?

Marina alcança a mão de Naureen e a segura com força. Mais perturbador do que perder as palavras é a maneira como o tempo se contrai e fratura, lançando-a em lugares inesperados.

— Não quis te chatear — diz Naureen. Ela aproxima sua cadeira de Marina e com a mão que está livre acaricia o dorso da mão de Marina.

É como um terrível degelo. Como o Hermitage naquela primavera quando toda a neve no telhado derreteu. Por semanas, eles estocaram água, carregaram baldes de água imunda até o pátio. Ela corria pela Escadaria do Jordão como um córrego. E não parava.

Marina inspira lentamente.

— Estou ficando como o museu. Tudo está vazando. É horrível.

Naureen continua acariciando a mão de Marina, e ambas ficam sentadas em silêncio. Depois de alguns minutos, Naureen muda de assunto:

— Conte-me sobre Andrei quando era bebê.

AS MADONAS DE LENINGRADO

Marina se anima um pouco com a menção a seu filho.

— Ah, minha nossa. Quando dei à luz, as enfermeiras ficaram impressionadas. Bebês nascidos durante o bloqueio geralmente eram raquíticos, minúsculos e deformados, ou nasciam mortos. Mas Andrei não; ele pesava mais de três quilos e era perfeito. Ele nunca chorava. Nem mesmo durante os ataques a bomba. Os bombardeios eram tão barulhentos que pareciam demônios berrando, mas ele ficava quieto em seu cobertor, meio adormecido. Seu rosto era tão calmo. Eu verificava como ele estava a cada minuto — tinha medo que ele parasse de respirar. Eu me perguntava se ele teria nascido surdo. Mas ele era uma criança incomum. As pessoas me paravam na rua para admirá-lo. E tinha a cabeça cheia de cachos dourados, igualzinho ao pai.

— Dmitri tinha cabelos loiros?

Marina balança a cabeça impacientemente.

— Dima não. Ele não é um deus, querida.

Naureen sorri.

— Não, acho que não. Nenhum deles é, não é mesmo?

O Salão Rembrandt. À primeira vista, parece vazio de tão silencioso e escuro. As paredes são de um verde suave, da cor de um feltro de mesa de sinuca gasto, e o teto é decorado com simplicidade. Uma série de meias paredes divide a sala, de modo que a pessoa não consiga perceber de primeira que na verdade está cheio de gente. São pessoas quietas e contemplativas, velhos em rufos e jovens modestas perdidas em seus próprios pensamentos.

Acenando do extremo oposto da sala está uma figura impressionante, Dânae. Ela é uma odalisca, um nu deitado em repouso, sedutor, aguardando seu amante. É uma pose clássica, mas Rembrandt em sua genialidade pintou uma mulher normal, de corpo exuberante, mas não idealizado. Seu ventre é farto e se derrama sobre a cama. Seu rosto é quase comum, mas transformado por uma fascinação.

Tudo na pintura é luxuriante e, acertadamente, dourado: o redondo de sua barriga pesada e seios delicados, as curvas suaves e pálidas de seu quadril e coxa. O luxuoso boudoir é coberto de brocados pesados e veludos e linhos finos, e Dânae, embora nua, está adornada de braceletes de coral. Ela estica o corpo inteiro sobre cama, apoiada em um cotovelo, com a outra mão levantada em reverência ou cumprimento a seu milagroso visitante. A presença de Zeus é ofuscada pela tapeçaria, mas ela é banhada pela luz radiante dele. Ela vê o milagre, o qual o observador não pode ver. Atrás dela e parcialmente oculta pelas cortinas está sua idosa guardiã. Ela também assiste com admiração.

Está tarde. A maior parte dos convidados da festa voltou para a pousada, mas Helen ficou. Naureen está recolhendo as últimas taças de vinho e pratos deixados nas mesas lá fora, e Andrei está dobrando as cadeiras adicionais e as apoiando na lateral da casa.

Helen estuda o fundo de sua taça.

— Por que você não me contou que ela está com Alzheimer?

Andrei pega mais uma cadeira e a acrescenta à pilha sob o alpendre.

— Não temos certeza de que é Alzheimer. Ela tem sintomas de demência, mas isso não é tão incomum em pessoas da idade dela. Não é minha área, mas acho que nem mesmo um bom gerontólogo pode diagnosticar o Alzheimer com total exatidão.

— Ah, pelo amor de Deus, Andrei — rebate Helen. — Eu não estava pedindo um diagnóstico. Só estou dizendo que você podia ter mencionado para mim que nossa mãe está perdendo a memória.

Andrei se endurece, mas antes que possa responder, Naureen olha incisivamente para ele.

— Devíamos ter avisado, Helen — diz ela. Sopra uma das velas votivas e senta. — Foi algo tão gradual que acho que todos queríamos ir assimilando aos poucos, mas deve ser bem perturbador se você não a vê há um tempo.

— Acho que ela não sabia quem eu era. — Helen pressiona o canto interno de um olhos com o dedo, depois do outro. — Quando cheguei para buscá-los, ela me convidou para entrar e perguntou sobre minha família. O modo como falou, era como se eu fosse uma estranha.

Naureen olha novamente para o marido, um cutucão visual, e ele se junta a elas na mesa.

— Ela só fica um pouco ausente de vez em quando. Tenho certeza que ela sabia quem era você — diz Andrei.

— E o que te faz ter tanta certeza disso? — Helen modula a voz.

Ele respira fundo e se recompõe visivelmente.

— Tem razão. Não tenho certeza de nada. Eles dois são bem cuidadosos em não abrir o jogo.

— Nem me fale.

— O papai nem toca no assunto. Finge que ela está ótima. Mas agora você entende por que tenho pressionado para eles se mudarem. Por enquanto estão indo bem, mas é bom ter as coisas encaminhadas.

Está tão silencioso que eles podem ouvir o som das mariposas batendo contra a lâmpada da varanda, e o zunido metálico de uma adriça de barco na baía.

Helen se serve de mais um gole de vinho.

— Ela já mencionou a você alguma coisa sobre morar num porão na Rússia?

— Do que você está falando? — pergunta Andrei.

— Ela mencionou alguns primos, a família com a qual morou, e disse que todos moravam num porão. Você não se lembra de nada desse tipo?

— Isso foi antes da minha época.

— Eu sei, mas ela nunca te disse nada sobre um porão?

— Não.

— E você não tem curiosidade?

— De quê?

— De descobrir o que não sabemos. Não é estranho que não saibamos nada sobre eles? — Talvez seja o vinho ou a falta de sono, porque Helen tem a impressão de estar sendo bastante clara e ainda assim seu irmão parece não entender. — Ela disse que viveu num porão com centenas de pessoas.

— Helen — diz Naureen —, não sei quanto crédito se pode dar ao que ela fala. Esta noite estávamos conversando e uma hora ela parecia bem, e então quando você se dava conta, ela estava contando sobre como comia cola e nadava com baleias. Ah, e ela conheceu Zeus.

— Quem? — pergunta Andrei.

— Zeus. O deus grego.

— Talvez ela tenha conhecido alguém chamado Zeus.

— Ela disse que era um deus, Andrei. Ela também falou que ele era seu verdadeiro pai.

— Zeus? Ela falou que Zeus era meu pai? — Andrei dá uma risadinha e balança a cabeça.

— Bem, isso faz total sentido. — Helen sorri apesar de tudo. — Ela sempre te considerou um presente de Deus. Agora sabemos por quê.

As duas mulheres riem até chorar, e Andrei sorri bem-humorado.

— Certo, certo, muito engraçado — diz ele, e elas começam a rir novamente.

— Conta a ela sobre a poltrona reclinável — pede Naureen.

— Bom, para o aniversário de casamento deles, comprei duas novas poltronas reclináveis. Para substituir aquelas coisas velhas e estragadas que eles têm na sala. Percebi que o papai gostou delas, mas ela ficou brigando comigo até eu devolvê-las. Sabe como ela fica. Tudo é mais do que ela precisa. Eu perguntei: "Mas você não gostou?". E ela respondeu: "São lindas, mas você devia poupar seu dinheiro. Compre uma costeleta de carneiro para você".

— Uma costeleta? — Helen fica aguardando a explicação. Andrei dá de ombros.

— Vai saber. Ela mistura as palavras.

— Pobre papai.

— Também acho. Mas pelo que ele diz, está tudo bem. Você tinha que ver. Ele aprendeu a cozinhar. Anda fazendo uma *xi* razoável. — Trata-se da sopa de repolho da mãe deles, uma mistura maravilhosa com ameixa, pimentão e cenoura. Helen quase pode sentir seu aroma penetrante que costumava embaçar as janelas da cozinha nas tardes de inverno.

— Lembra de como ela fazia a gente raspar o resto de sopa da tigela com miolo de pão? — pergunta Helen.

Andrei sorri.

— Você devia ter visto, Naureen. Ela ficava louca se deixássemos um restinho no prato. Qualquer restinho. Tínhamos que ficar na mesa até raspar tudo. Quando eu era pequeno, dormi na mesa e caí de cara num prato de couve-de-bruxelas. Ah, e lembra do ruibarbo?

Helen revira os olhos.

— Ruibarbo cozido. Ruibarbo enlatado. Suco de ruibarbo. Frango recheado de ruibarbo.

— Seu aniversário? — incentiva Andrei. Os dois caem na gargalhada e Helen completa:

— Bolo de tempero de ruibarbo!

— O papai plantou ruibarbos certo ano — explica ela a Naureen. — A coisa saiu de controle e tomou conta do jardim inteiro. Mas ela não deixava nada ir para o lixo. Era como uma religião para ela.

— "Comam até conseguirem ver os desenhos no prato para que amanhã faça tempo bom" — recita Andrei, imitando o sotaque de sua mãe, e eles caem na risada novamente.

Helen recupera o fôlego e solta um suspiro demorado que estava reprimido.

— Ela simplesmente nos enfiava a comida goela abaixo. Fui uma criança tão gorda, e depois que entrei na faculdade e comecei a tentar fazer dieta, era como se eu a estivesse torturando.

— Até hoje não consigo jogar comida fora. Semana passada eu estava fazendo uma receita que pedia claras de ovo, e guardei as gemas. Duas míseras gemas de ovo, e simplesmente não consegui jogá-las fora. Era como se ela estivesse parada atrás de mim, me observando. As gemas ainda estão na geladeira. Todos esses potinhos com sobras. Uma xícara de arroz pilaf. Meia laranja enrolada em plástico filme. Meia dúzia de uvas enrugadas como ervilhas. — Ela joga os braços para o alto numa rendição simulada. — Na verdade, tenho pensado em adotar outro cachorro, só para ter a quem dar as sobras.

Setenta e cinco gramas de pão. Um pão que é metade serragem, um bloco pequeno e denso. Na palma da mão dela ele tem o tamanho de um bilhete de trem, o peso de folhas mortas. Em muitas noites aquele é o único alimento deles, e precisam comer lentamente para fazer render esse naco de pão preto por uma refeição inteira. Ela pega uma lasquinha. Quase não tem gosto, mas Marina o come lentamente, concentrando-se na sensação de mastigar e engolir. Ela traz de volta à imaginação os sabores das comidas que já experimentou, salsichas e melancias e beterrabas em conserva.

Seu tio está lendo em voz alta o texto de sua próxima aula, uma recitação monótona de datas e números.

Segunda-feira, as rações de pão foram cortadas mais uma vez, para 250 gramas por dia para os trabalhadores, e metade disso para dependentes como tia Nadezhda. Nem uma criança de colo conseguiria sobreviver com uma porção tão pequena, e que precisa ser dividida entre três refeições. Algumas pessoas engolem de uma vez a ração do dia inteiro assim que a recebem, mas, como aponta tio Viktor, elas são tolas. Quando o pão acaba, continuam com fome. Nunca há pão suficiente para abrandar a fome das pessoas. Mas o tempo, o tempo é medido pelo espaço

DEBRA DEAN

entre uma refeição e a seguinte, e sem o pão pelo qual ansiar, o dia nunca termina.

As pessoas estão famintas. Elas foram reduzidas a ingerir alimentos inimagináveis. Bubi, o gato de Misha, foi uma das primeiras vítimas da fome deles. Não que tenham de fato comido Bubi — eles ainda estavam reticentes demais para isso —, mas o trocaram por um saco de batatas e um pouco de óleo, sabendo muito bem o destino que lhe estavam reservando. Agora, eles mesmos o comeriam sem pensar duas vezes. Comem cola de papel de parede e até madeira. Ainda assim, passam fome. A mente não para de girar. É inimaginável que, em 1941, em Leningrado ainda por cima, as pessoas possam estar de fato morrendo de fome, e não apenas bêbados e fracassados, mas também eruditos distintos e artistas respeitados. Inimaginável, mas verdadeiro. Eles deitam e morrem como se fossem simplesmente dormir, e os que ficam para trás tentam explicar as mortes, tentam encontrar padrões para anestesiar o horror. Essa pessoa era idosa, e aquela outra sempre foi magra como um palito. Os que não têm um propósito morrem mais cedo, e homens são mais suscetíveis que mulheres, por terem menos gordura corporal. Morar sozinho é um risco, e ter que compartilhar ração com dependentes também.

Viktor empregou um rigor científico na missão de mantê-los vivos. De manhã, ele distribui as porções de café da manhã com a solenidade de um padre distribuindo hóstias na missa. Mais tarde, quando Nadezhda volta da padaria com o pão, ele o reparte cuidadosamente em nove porções para o almoço e jantar do dia e café da manhã do dia seguinte. Como Marina faz trabalhos físicos e, portanto, tem necessidades calóricas mais altas, seus três pedaços de pão são ligeiramente mais grossos. Eles são embrulhados num pano e mantidos fora do campo de visão. Nos dias em que a cantina serve porções extras no almoço, um mingau feito de trigo sarraceno fervido ou de seu famoso *aspic*, a ração da noite é dividida ao meio mais uma vez e o excedente é guardado. Se há pão extra, Viktor a permuta sob princípios estritos de nutrição e economia em vez de sucumbir, como Nadezhda poderia fazer, às tentações do paladar.

Contudo, seu sistema científico de administração de um lar não conta com a sorte. Marina começou a suspeitar que a sobrevivência deles pode depender de algo além dos limites da razão — chame de sorte ou milagre ou o que desejar. Desde aquele dia em outubro quando viu Anya rezando para a Virgem Benois, ela começou a suplicar para as madonas também. Quando estão fazendo suas rondas matinais e passam por uma moldura que continha uma madona, ela balbucia furtivamente uma prece rápida e improvisa algo parecido com os gestos de cruz que Anya fez sobre o peito. Marina não conhece os encantos que se deve recitar. Da primeira vez, ela apenas sussurrou. *Socorro. Por favor, ajude-nos.* Naquela noite, o deus foi até ela no telhado.

Agora ela pede coisas. Ela pede para Dmitri voltar para casa. Pede para o deus no telhado voltar. Pede comida. É tolo, um tipo de jogo de desejos que Misha e Tanya poderiam jogar.

Dmitri não voltou para casa; e ela tampouco teve alguma notícia dele. Sua divisão foi dizimada em Tchudovo, e os sobreviventes se juntaram a outras divisões. Ele pode estar em qualquer lugar. Toda manhã, Marina passa os olhos pela lista de mortos pendurada na sala do diretor em busca do seu nome. Quando vê que o nome não consta da lista, sente uma onda de gratidão. Ele ainda pode estar vivo e, quem sabe, talvez Viktor escute falar dele quando for ao front.

Quanto ao deus no telhado, ela sabe que imaginou aquilo. Ouviu pessoas reclamando de alucinações provocadas pela fome. Apesar de a visita ter parecido mais real do que qualquer momento de sua vida antes ou desde então, uma consumação carnal tangível, ela deve admitir que não há evidência que sustente um episódio tão louco na composição do universo. Ela não liga. Ela tem subido ao telhado noite após noite, esperando ter outra alucinação, e ser varrida de paixão. Mas as estátuas no telhado permaneceram cobre inanimado, recusando-se a se transformarem em ouro.

Ainda assim, os milagres alimentares aconteceram.

Uma semana depois de Marina abordar as madonas pela primeira vez, as porcelanas de Nadezhda, que estavam acumulando poeira numa loja de consignação desde julho, foram milagrosamente vendidas. Viktor voltou do mercado negro com arroz e roscas, e a bala defumada e dura como pedra feita do açúcar derretido extraído do porão carbonizado do armazém Badayev. Eles puderam economizar seus cupons de racionamento pelo restante do mês. Então, duas semanas atrás, quando não havia mais nada e Marina estava começando a desmaiar ao menor esforço, um grupo de marinheiros no Cais do Palácio a presenteou com uma porção de galhos de pinhas. Ela comeu um galho inteiro no caminho de volta para o abrigo, roendo a casca. O gosto era maravilhoso, forte e apimentado, como comer uma floresta. Eles ouviram falar que no hospital as agulhas de pinheiro são fervidas para extrair vitaminas para quem tem escorbuto, então Nadezhda fez um caldo aromático com o resto.

Agora, embora não chame de sorte, Viktor conseguiu uma vaga com a delegação da caridade do Hermitage que vai visitar o front amanhã. Para o entretenimento das tropas, ele vai dar uma palestra sobre a antiga civilização do Reino de Urartu. Haverá um banquete após os procedimentos, e um honorário será pago em manteiga e vodca.

Esta noite, no entanto, só tem pão. Marina se disciplina a esperar que tio Viktor termine uma página e a vire para a seguinte antes de se permitir comer mais um pedacinho. Entre mordiscadas, ela tenta parar de pensar no pão e se concentrar na palestra. Ela e Nadezhda são a plateia-teste, encarregadas com a tarefa ingrata de reagir como imaginam que uma plateia de verdade de soldados reagiria. Antes de começar a ler, Viktor sugeriu que elas fingissem não saber nada sobre a cultura urartiana.

— Entendam que isso foi escrito originalmente com um leitor acadêmico em mente. Por mais que acredite ter adaptado o texto de meu manuscrito o suficiente para acomodar o público geral, pode haver referências aqui e ali que precisem de elucidações adicionais. Naturalmente, estou aberto a quaisquer sugestões.

Essa última parte não é exatamente verdadeira. Mais cedo, Marina cometeu o erro de apresentar uma pequena sugestão para uma frase que lhe parecera desnecessariamente pomposa e que poderia ser melhorada pela substituição da palavra *iniciar* por *começar*. Viktor lhe respondeu com um longo discurso defendendo a propriedade de seu palavreado, assinalando que *iniciar* tinha um tom mais adequado à solenidade da ocasião.

— Uma pessoa pode *começar* a fazer uma tarefa de casa — entoou ele —, mas não estamos falando de lavar roupas aqui, e sim da escavação de uma cultura.

E então ele começou a palestra tudo de novo.

— A história do Reino de Urartu pode ser contada como uma atraente história de mistério. Houve certa vez um poderoso reino que existiu no Cáucaso por três séculos e desapareceu por completo da história. Só nas últimas décadas que ele foi resgatado do esquecimento, seus templos e fortalezas descobertos, seu idioma transcrito, uma cultura inteira que esteva enterrada por 25 séculos trazida de volta à superfície.

No entanto, a descrição de Viktor drena a emoção do tema, substituindo por exposições detalhadas das escavações e uma análise dolorosa de formação sociológica. Um pouco da rigidez se deve, sem dúvida, ao rigor científico de sua disciplina. O restante poderia ser atribuído à necessidade política. A versão de Viktor Alekseevich Krasnov da cultura urartiana é devida e notavelmente presciente de Marx. Nesse ponto, acredita Marina, sua escrita não é diferente de qualquer outro artigo para consumo público. Raramente há um pensamento original que não esteja abafado pelo peso sufocante da teoria marxista. Veja o roteiro oficial de visitas dos guias do museu. Se os visitantes tivessem que percorrer a galeria de quadros do andar de cima apenas com esse documento, se perderiam rapidamente. Esse roteiro, que Marina e os outros guias decoraram e recitam palavra por palavra, apresenta um retrato inocente e espumoso de Watteau como "a imagem da decadência do privilégio burguês na desintegração da sociedade feudal". Ou considere o tópico da primorosa madona de Lucas Cranach, o Velho. A pintura é exótica como um tango, cheia de vermelhos e laranjas maravilhosos, o drapeado sensual de veludos e cetins, os cabelos encaracolados da madona, e as lindas maçãs suspensas sobre a cabeça dela como planetas, uma coroa de planetas radiantes. No texto oficial, no entanto, tudo isso é reduzido a um "artefato de instrução religiosa do culto teutônico a Maria". Marina às vezes esquece convenientemente do pior de seu roteiro quando está

AS MADONAS DE LENINGRADO

guiando seus grupos de visitantes e simplesmente deixa as pinturas falarem por si mesmas, mas Viktor jamais cogitaria uma omissão tão perigosa. Mal tendo sobrevivido às expurgações que dizimaram o departamento de arqueologia, junto com grande parte da intelectualidade de Leningrado, desde então ele se tornou fluente na linguagem do Partido.

Porém até Viktor parece sentir que sua palestra está longe de entreter. Conforme ele reconta o processo trabalhoso pelo qual os estudiosos das línguas começaram a decifrar as variadas inscrições cuneiformes, ele para no meio da frase. Viktor desliza o dedo pela página e murmura:

— Bem, talvez possamos dispensar essa parte. — E pula para a página seguinte.

É só quando está perto do fim que Viktor abandona o rastro de seu manuscrito original e cede à ocasião iminente.

— Parece — começa ele, olhando através de Marina e Nadezhda, dirigindo-se a um grupo imaginário — que o destino de uma cultura há muito findada está longe demais das preocupações atuais dos valentes soldados reunidos aqui esta noite. E, no entanto, se pudermos tirar qualquer conclusão do destino do Reino de Urartu, é que os sistemas feudais de opressão foram finalmente derrotados e esquecidos. Quando futuros arqueólogos escavarem as ruínas esquecidas da Alemanha fascista... — Viktor faz uma pausa e limpa a garganta, e Marina leva um susto ao notar seu lábio inferior tremendo ao tentar conter as emoções — ... certamente, certamente, camaradas, eles ficarão espantados com as reivindicações presunçosas de um Reich de mil anos.

Nadezhda bate palmas entusiasmadamente.

— Está genial, Viktor — afirma ela. — Eles vão aplaudir de pé.

— Sim, tio. Eles certamente ficarão impressionados — concorda Marina.

— Na verdade — acrescenta Nadezhda —, eu ficaria surpresa se você não recebesse uma comissão adicional.

— O que quer dizer? — De repente a voz de Viktor está afiada.

— Quero dizer algo mais que os quatrocentos gramas de manteiga. Por gratidão.

— Já não falei que trarei de volta o que puder? Você não consegue pensar em nada além de seus malditos doces? — A fome lenta esculpiu os contornos de seu rosto em ossos duros e tornou seu olhar ainda mais severo. — Compartilho minha porção com você, mesmo que tenha direito a menos. Ainda assim, você me atormenta com essas reclamações incessantes.

Nadezhda planejou a semana inteira o que eles farão com a manteiga. Sem um trabalho que a distraia, ela não fala de outra coisa, dando voltas fixamente em suas opções limitadas. Eles não têm farinha, mas ela escondeu alguns pedaços de doces que poderiam ser derretidos para fazer biscoitos amanteigados. E se apenas tivessem um pouco de geleia. Ela atormentou Viktor repetidas vezes para trocar a vodca.

Agora ela faz beicinho.

— É fácil para você zombar de mim. Estará em um banquete amanhã à noite enquanto Marina e eu só comemos pão.

Viktor vocifera, sem se importar que sua voz ecoe das paredes congeladas das catacumbas e seja ouvida por todo o abrigo.

— Este é meu trabalho da vida inteira, Nadezhda. Se eu morrer, será meu legado para o mundo.

— Sim, é tudo que ainda importa para você, este livro. Você nem liga mais para o que foi feito de seus próprios filhos.

AS MADONAS DE LENINGRADO

Ela não estava preparada para o golpe, e cai de costas contra o pallet. Ela cai sentada com força, mas não reage. Encarando sem uma palavra a parede de tapetes, Nadezhda parece indiferente aos sussurros roucos vindo do outro lado.

Viktor também está surpreso. Ele resmunga algo incompreensível e senta na beira do pallet, com as mãos na cabeça.

Marina o observa reservadamente do canto onde está. Ele não é um homem violento, na verdade se orgulha de seu autocontrole, mas a fome devorou a camada de civilização, e as pessoas não são elas mesmas. Ela ouviu coisas terríveis. Nos porões, escuta mães batendo em seus filhos famintos quando eles choram. Nas filas do pão, jovens garotos arrancam o pão das mãos de mulheres fracas, e há rumores de crianças desaparecidas e mercado negro de salsichas. Liliia Pavlova contou a ela na semana passada sobre um cadáver na rua com as nádegas removidas.

Viktor levanta e caminha com dificuldade até onde a vela está queimando. Ele a apaga, e Marina o escuta voltar para o pallet que ele e Nadezhda dividem. Ele murmura para a esposa, pedindo que levante as pernas para ele se cobrir. O mais silenciosamente possível, Marina engatinha para debaixo de sua própria pilha de cobertores e desaparece sob seu reconfortante e asfixiante peso.

Ela acorda no meio da noite, chorando.

— *Izvinite* — choraminga ela. Sinto muito. Quando Dmitri estica o braço e toca em suas costas, ela se encolhe e se afasta. — Não posso ajudá-lo — ela se apressa em dizer em russo.

— Está tudo bem — diz ele. — Está tudo bem, minha querida.

— Ele dá tapinhas distraídos nas costas dela, ele mesmo ainda meio adormecido. O ombro de seu pijama está úmido das lágrimas dela.

— Preciso ir para casa — diz ela.

— Não agora.

— Não, preciso ir para casa. É urgente. Preciso levar este chocolate de volta. Estão me esperando.

— Você teve um pesadelo, Marinochka. Está tudo bem agora. — Durante a vida deles de casados, não com muita frequência, mas de vez em quando, ela tinha pesadelos. Ele também os tem, mas mesmo dormindo é mais contido. Marina o acorda se debatendo e murmurando coisas que Dmitri nem sempre entende. Às vezes ela grita, e nos primeiros anos de casamento, era sempre um nome, ou ele pensava ser um nome, apesar de não reconhecê-lo. Uma vez, há mais de cinquenta anos, ele quase perguntou, mas alguma coisa o freou, e agora não importa mais. Não importa há um bom tempo.

AS MADONAS DE LENINGRADO

— Preciso estar em casa antes de anoitecer — continua ela. — Estão esperando e... — Ela para e estremece. — Onde estou? — Marina senta e olha ao redor, assustada.

Está quase completamente escuro no quarto, exceto pela luz ambiente da marina que atravessa as cortinas e tinge de verde a escuridão.

— Estamos em Drake Island. Na pousada. Lembra? — pergunta ele, apesar de saber que ela não vai lembrar.

— Estamos numa ilha?

— Onde Andrei tem sua dacha. Estivemos lá esta noite.

— Preciso ir para casa. — Ela implora como uma criança.

— Nós vamos para casa na segunda à noite. Depois do casamento. Agora volte a dormir.

Mas ela jogou as pernas do lado da cama e agora está de pé, na janela, abrindo a cortina, espreitando o escuro lá fora. E então ela explica mais uma vez sobre o chocolate — não há o bastante para ele, ela sente muito, mas precisa levá-lo de volta para casa.

— Não quero chocolate nenhum.

— Posso ir para casa agora?

— Hoje não.

— Eles estão me esperando.

— Eles vão ficar bem.

— Onde estou?

Ele está tão cansado. Seus olhos estão pesados, e sua mente parece nadar em águas profundas. Ele responde as perguntas dela, mas cada uma exige esforço. Às vezes é mais do que ele pode suportar, essa repetição, vezes e mais vezes, das mesmas perguntas, as mesmas respostas, como se a vida deles fosse um velho disco estragado com cem arranhões e eles nunca conseguissem chegar ao final.

— Volte para a cama — implora ele.

— Onde estou?

Quando levanta o corpo e se apoia nos cotovelos, sente a exaustão em seus ossos.

— Marina, você precisa dormir agora. — Ele sente os olhos ardendo de tanta frustração. — Preciso que me ajude. Você está entendendo? — À meia-luz, seus olhares se cruzam. O que ele encontra é ela, mas ao mesmo tempo não é. Os olhos dela são como a superfície clara de águas rasas, refletindo de volta o próprio olhar dele. Algo tremula e serpenteia sob a superfície, mas pode ser seu próprio desejo, sua própria memória. Ele se dá conta de que provavelmente está sozinho.

— Por favor, Marina. Sinto sua falta.

Ela volta obedientemente para a cama e puxa as cobertas até o peito. Ela pergunta novamente, mas agora hesitante, se eles podem ir para casa, ela quer ir para casa.

— Segunda de manhã vamos para casa. Agora durma. — A voz dele está rouca. Ele a abraça e afaga seus cabelos, seu pescoço. As pontas de seus dedos conhecem o formato das costas dela, cada nódulo de sua coluna, as curvas suaves de sua cintura. Se ela se perdesse, ele poderia encontrá-la no escuro apenas pelo toque.

Ela relaxa um pouco em seus braços. O cheiro dela, quente e com um leve perfume de lavanda, é familiar e potente. Ela está em sua vida há tanto tempo que mal pode lembrar de uma época anterior a ela. Ao longo dos anos, eles cresceram juntos, a carne e os pensamentos deles se entrelaçando tão juntinhos que ele não consegue imaginar a pessoa que seria longe dela.

Mesmo durante a guerra, quando estavam fisicamente separados, ela estava lá com ele na forma de uma pequena fotografia

AS MADONAS DE LENINGRADO

tirada em comemoração a sua formatura. Quando sua unidade foi cercada em Tchudovo e ele foi capturado pelos alemães, ele segurou a foto e começou a sussurrar para ela como se fosse um símbolo. Durante três anos, ele trabalhou nos campos de concentração alemães, primeiro na Ucrânia e depois na Baváris, onde prisioneiros famintos cortavam lenha e madeira para as ferrovias. Ele mantinha a fotografia no bolso da camisa e, enquanto trabalhava, recordava e repetia toda conversa com ela que podia lembrar. Mais tarde, inventou conversas novas, falando com ela em voz baixa. Os alemães acharam que ele tinha ficado louco. Ela o ouviu quando ele confessou sua covardia, seu medo dos guardas sádicos, e suas necessidades físicas humilhantes. À noite, as mãos delicadas dela o alcançavam em seu sonho, acariciando seu rosto, seu peito, seu pênis.

Ele sobreviveu à guerra, mas quando os soldados americanos chegaram para libertar o campo, ele já era um homem morto. Ser capturado pelos alemães era traição: Stalin havia dito isso. Dmitri sabia o que aquilo significava — ele perdera o pai na prisão — jamais poderia voltar para casa. Desnorteado e sem esperanças, ele fugiu do acampamento e se juntou aos milhões de refugiados que vagavam pelas estradas em meios aos escombros da Alemanha. Ele ficou em segurança dentro na zona de ocupação americana e por quase três meses conseguiu evitar os arrastões que cercavam os soviéticos para repatriação forçada. Mas ele não tinha documentos nem dinheiro, e um dia foi pego afanando ovos de um galinheiro, foi espancado severamente pelo fazendeiro enraivecido, e resgatado quase morto por soldados americanos. Uma semana depois, ele se viu atrás de arame farpado novamente, dessa vez num campo de refugiados. Ouvira falar de outros que se suicidaram em vez de voltar à União Soviética, e reparou que os soldados recolheram seu cinto.

Em seu trigésimo dia no campo, andando pelo corredor principal entre os quartéis, ela viu uma mulher à frente que se parecia com Marina. Não ficou surpreso; ele perdera os óculos quando foi capturado, e de longe muitas mulheres pareciam ser Marina. Mas conforme ele se aproximava, ela não se transformou numa estranha. Quando ela virou e o viu a encarando, gritou seu nome.

Cinquenta e oito anos mais tarde, esse momento único ainda o surpreende. É o único acontecimento em sua longa vida que é, ao mesmo tempo, extremamente ilógico e completamente necessário. Todo o resto ele pode atribuir ao acaso aleatório de um mundo sem deus, mas não aquele momento.

Ele lembra de que ambos ficarem imóveis diante um do outro, mudos de perplexidade. Ele esticou o braço hesitantemente e passou os dedos pelo rosto dela como um homem cego, enxugando uma lágrima de sua bochecha, atônito por sua materialidade. E então baixou os olhos e viu que ela não estava sozinha. Havia uma criança, uma criança pequena e solene que o observava sem piscar por entre as pernas dela.

— Este é nosso filho — disse ela, puxando o garoto para a frente. — Dei a ele o nome de Andrei. — E não falou mais nada.

Quais eram as chances de um único ato de amor resultassem em uma criança? Algum outro homem poderia ter duvidado dela, poderia ter questionado se ela conhecera alguém depois que ele partiu para o front. Ou pior. Ele testemunhara as perversidades, os estupros regados a vodca de mulheres velhas e crianças, e a libertinagem desesperada de mulheres famintas.

AS MADONAS DE LENINGRADO

Mais tarde, Marina lhe contou como ela e o filho haviam abandonado Leningrado e sobrevivido à jornada até uma pequena cidade de férias no Cáucaso apenas para chegar poucas semanas antes de a Wehrmacht invadi-la e ocupá-la. Ela conquistara a sobrevivência lavando roupas para os oficiais de lá, e, um ano mais tarde, com o Exército Vermelho ameaçando retomar a cidade, ela se retirara com aqueles soldados até Munique, onde passou o restante da guerra numa fábrica de munição. Outro homem teria se perguntado se a criança era alemã.

Mas ele tinha acabado de receber sua vida de volta. Era um milagre — ele fica envergonhado por pensar naquilo dessa maneira, mas não há outra palavra para descrever — e ele não cuspiria nisso. Ao invés disso, mergulhou fundo para salvar o que lhe fora dado, forjando novas identidades como poloneses ucranianos para ele, Marina e o menino de modo que pudessem emigrar para a América. Eles criaram uma vida nova, aprenderam uma língua nova, encontraram empregos, construíram um lar. Até tiveram uma segunda criança, um salto de fé em seus futuros. E ambos fizeram o melhor para não olhar para trás, com medo de se tornarem colunas de sal. Se tivessem que falar da guerra, eram cuidadosos como os censores oficiais da época da União Soviética em mencionar apenas as vitórias e os atos de heroísmo.

Não importava. O laço que os unira quando crianças existia quer falassem naquilo ou não, o laço de sobreviventes. Aqui na América, um país incansavelmente tolo e otimista, o que eles sabiam os uniu. Ela era o país dele e ele o dela. Eram inseparáveis.

Até agora. Ela o está deixando, não de uma vez só, o que seria doloroso o bastante, mas numa agonizante sucessão de separações. Um momento ela está aqui, e então ela se vai novamente. Cada jornada a leva um pouco mais longe de seu alcance. Ele não pode segui-la, e se pergunta para onde ela vai quando parte.

Escutem. Subindo a escadaria principal já podem ouvi-los, suas gargalhadas roucas e os brindes aos berros. "O rei está be-bendo!", gritam. Há uma festa acontecendo no Salão Snyders, um banquete para celebrar o Dia de Reis. A tradicional torta foi assada, e o homem mais velho ali no meio deve ter ficado com o pedaço que tem o feijão no interior, pois ele está usando a coroa do rei. Está rodeado por um grupo apertado de casais e crianças alegres e brincalhonas, e até um bebê de colo. "O rei está bebendo!" Taças são erguidas. Está vendo aquele sujeito parado atrás dele com uma jarra levantada? Aquele é o genro do rei, o próprio pintor. E lá está a esposa de Jordaen, Yelizabeth. Ah, e aqui, olhem isto, este cara de chapéu de bobo da corte, com uma das mãos tentando alcançar a jarra de Jordaen enquanto a outra escorrega casualmente pela frente do corpete dessa mulher. "O rei está bebendo! O rei está bebendo!" Lá vão eles de novo. Eles são tempestuosos, joviais. A única quietude na pintura está no canto inferior direito, um cão de caça cujos olhos estão focados com intensidade canina no presunto no colo do rei.

A neta dela está casando. Katie, a menina de aparelho nos dentes. E o noivo, cujo nome ela acaba de esquecer.

O gramado está apinhado de convidados. Eles socializam e se cumprimentam e se abraçam. Um quarteto de cordas está na beira da praia num semicírculo de cadeiras dobráveis, e melodias de Bach flutuam pelas brisas do começo de tarde.

Marina para antes do portão, hesitante. Ela tem dificuldades com grupos grandes de pessoas; há tantos rostos para identificar, tantas sensações para organizar. É quase vertiginoso, os rostos embaçados, o farfalhar de tecidos rígidos, o perfume de tantos corpos.

Parada no portão, ela parece ser uma anfitriã, então as pessoas fazem questão de parar e lhe cumprimentar. Ela sorri e diz que está um dia lindo.

— É tão bom ver você — diz, quando desconfia que pode ser alguém que ela conhece.

Finalmente todos os convidados estão presentes e reunidos perto da praia.

— Papai, vamos começar muito em breve. — É o filho deles, Andrei. Ele está vestindo um terno escuro e parece excepcionalmente belo.

— Bom dia, linda. — Ele beija Marina nas bochechas e dá o braço a ela. — Pronta para sentar?

— Você vai sentar do meu lado? — pergunta ela timidamente.

— Não posso. Preciso levar Katie até o altar. Mas o papai vai sentar com você, está bem? — Marina concorda. Andrei os leva até seus lugares, onde Helen os aguarda. Ela tira a bolsa da cadeira ao seu lado.

— Disse oi para todo mundo, mamãe?

— Acho que sim.

— Quem é a mulher de chapéu?

— Quem?

— Ali.

Marina olha na direção que Helen está apontando com a cabeça. Há uma mulher com um grande chapéu azul que parece um disco voador, mas não é ninguém que ela reconheça. Ela balança a cabeça.

— Não sei.

— Ficou conversando com ela por um bom tempo.

— Ora, bem, ela foi muito gentil. Acho que esta é a casa dela.

— Precisa ver Katie. Fui lá em cima há um tempinho. Ela está tão linda.

— Você também está linda. — Marina diz à sua filha.

Helen ignora o elogio, mas impulsivamente pega a mão da mãe e a aperta.

— Eu... — Ela começa a dizer alguma coisa, mas simplesmente aperta a mão de sua mãe mais uma vez.

A música é triunfal, e os convidados levantam e se viram para olhar a noiva se aproximando. Ela realmente está linda, luminosa e feliz. Andrei está emocionado, mas entrega a filha resolutamente ao belo jovem que lhe roubou sua própria juventude. O grupo de presentes reunido em volta da noiva e do noivo ficam sóbrios com a importância inesperada do momento. E, olhando ao redor, pode se ver nos rostos da família reunida e dos convidados o melhor de sua humanidade irradiando um calor coletivo em volta desse jovem casal nascente. Há música e lágrimas e palavras. *Compromisso* e *amor* e *apreço* e *comunidade* e *honra*.

E música e mais palavras. Olga Markhaeva recita poesia, e Anya canta uma canção que ela lembra da infância, romântica e doce. Se Marina chegar aos oitenta anos, ela pensa, jamais se esquecerá dessa noite maravilhosa.

Que banquete! Há manteiga, mas também queijo americano e cevadinha frita em gordura e uma garrafa de vodca. Eles convidaram as pessoas para compartilhar os mimos que Viktor trouxe do front. Sergei Pavlovich e sua irmã Liliia contribuíram com um punhado de damascos secos que Nadezhda fritou para fazer uma cobertura para seus biscoitos amanteigados. Anya trouxe uma cebola, que eles fatiaram em lâminas.

Lanternas de papel estão penduradas dos canos e uma toalha de linho branca foi colocada na mesa de madeira. Sobre ela está disposta uma variedade de iguarias extravagantes. Eles acendem não uma, mas três velas, e o cômodo úmido no porão cintila de luz, ainda frio mas luminoso com a ilusão de calor. Nem o som dos bombardeios explodindo acima de suas cabeças consegue desanimá-los. Com pequenas doses de vodca, eles brindam aos avanços do Exército Vermelho em direção a Tikhvin, brindam aos valentes filhos e filhas da União Soviética, brindam à boa sorte de ter comida e amigos com quem compartilhá-la. É o bastante para que se sintam bêbados, a vodca e o gosto forte da cebola e a doçura derretida do biscoito. Eles arrebatam a comida como amantes. Depois, escutam Olga recitar poemas de Anna Akhmatova. Sua voz, de dia entrecortada e dura, é lenta como um rio profundo, e a luz de velas transforma seu perfil, suavizando sua ampla testa e nariz, e fazem seus olhos úmidos cintilarem.

Em algum lugar há uma vida simples e um mundo,
Transparente, quente, alegre...
Lá, à noite, um vizinho conversa com uma garota
Através da cerca, e só as abelhas podem ouvir
Este mais tenro murmúrio de todos.

Mas vivemos cerimoniosamente e com dificuldade
E observamos os ritos de nossos amargos encontros,
Quando subitamente o vento imprudente
Interrompe uma frase recém-começada —

Mas trocaríamos por nada esta esplêndida
Cidade de granito de fama e calamidade,
Os rios largos de gelo reluzente,
Os jardins sem sol, sombrios,
E, quase inaudível, a voz da musa.

Saciada, Nadezhda se aninha no braço de Viktor como uma colegial e ele beija o topo de sua cabeça. Marina vê Liliia e Sergei enxugando os olhos. É uma sensação luxuriante, essas lágrimas quentes de barriga cheia. Eles estão felizes.

Mais tarde naquela noite, eles vão vomitar em baldes inclinados ao lado de seus leitos. Seus corpos esqueceram como digerir tamanha riqueza. Mesmo assim, eles não sentirão fome por dias.

O Salão Maiólica. Assim chamado por abrigar a coleção do museu de cerâmica decorativa no estilo italiano. Por um feliz acidente, o salão em si evoca a maiólica, sendo pintado vivamente de amarelos e verdes com temas renascentistas.

De mais famosos, o cômodo contém os dois Rafaeis do museu, a *Madona Conestabile* e a *Sagrada Família*. Há uma história inacreditável que diz que esta sala um dia abrigou um terceiro Rafael, outra madona e menino. Segunda uma funcionária idosa, ela era, como a Conestabile, um tondo, ou pintura redonda, "mais ou menos do tamanho de uma bola de praia" numa elaborada moldura dourada. Se for possível acreditar na mulher (e na verdade sua história não pode ser comprovada), a madona dessa pintura está sentada num campo, com o menino Jesus em pé em seu colo. A seu lado há outra criança, ligeiramente mais velha, vestindo peles de animais e sem dúvidas representando um jovem João Batista. Essa criança mais velha está entregando uma pequena cruz ao menino Jesus, que a aceita, e as três figuras estão olhando para a cruz como se pudessem prever o futuro. Ela dá outros detalhes, que a madona está usando trajes romanos e que segura um pequeno livro de folhas douradas na mão, talvez um livro de orações, que no fundo há uma paisagem delicadamente colorida, e flores brancas em primeiro plano.

Nenhuma obra do museu se encaixa nessa descrição. Apesar de os detalhes que ela forneceu serem coerentes com o estilo de Rafael, não há absolutamente nenhuma evidência que sustente sua alegação, e é provável que ela simplesmente tenha confundido com a *Madona Conestabile*.

O rádio ficou mudo no começo do mês e o último jornal foi impresso em 12 de dezembro. Até os bombardeios pararam. Não há nada mais para distraí-los das misérias do frio e da fome, a não ser seus próprios recursos internos. Assim, conforme o mundo fica menor e mais frio e mais escuro, Marina nota que as pessoas estão ficando fixadas. A maioria em suas misérias físicas, e passam horas lambendo as gengivas inchadas ou abrindo e fechando a mesma porta de armário em busca de um alimento que não está lá. Mas outros renegam seus corpos murchos e, em vez disso, fixam numa ideia.

Tio Viktor está cada vez mais obcecado por terminar sua história de Urartu. Ele teme que possa morrer antes de completá-la, e a história desenterrada poder ir com ele. Marina fica deitada até tarde da noite e escuta os rabiscos febris da caneta do tio. Os porões ficaram tão frio que a tinta congela, e por isso ele precisa parar constantemente e esquentar a garrafa nas mãos. Mas, depois de alguns minutos, os rabiscos recomeçam. Às vezes ele escreve até tarde, até desmoronar sobre a mesa.

Em outro canto do Abrigo Antibombas n°.3, o arquiteto Alexander Nikolsky também tem sua fixação. Ele rascunha tão incessantemente que no final do dia seu punho não abre

AS MADONAS DE LENINGRADO

para soltar o lápis. Outra noite, ele montou uma exposição dos desenhos. Ele enfileirou cadeiras no seu canto do porão, apoiou um desenho nas costas de cada cadeira, e convidou seus vizinhos para virem apreciar seu trabalho.

E quando vieram, o que as pessoas testemunharam não foi a arte que esperavam, e sim desenhos da própria sala em que estavam. Ele rabiscara o interior do porão e seus residentes, desenhinhos estranhos de seu alojamento improvisado. Esboço após esboço exibia os tetos baixos da catacumbas atravessados por canos, os móveis amontoados, e as sombras cruas forjadas por uma única lamparina. Ele também fizera um croqui das salas do andar de cima, alguns desenhos praticamente inteiros pretos, outros retratando cenas assustadoramente góticas com silhuetas engolidas por enormes espaços vazios. Um desenho exibia simplesmente uma mão com três pedaços de pão do tamanho de bolas de gude sobre a palma.

O que impressionou Marina foi a aspereza dos desenhos, suas formas ameaçadoras e escuridão borrada. Isso e as figuras humanas, sem rosto e intercambiáveis. Ela não sabia se essa fora a intenção dele, mas as obras tinham jeito de pesadelos.

Nikolsky refletiu sobre isso.

— Minha intenção não foi sugerir nada além do que é. Isso não é para ser arte. São registros, para os que vierem depois saberem como vivíamos — explicou.

Marina teve a recordação incômoda de seu tio gravando a história da civilização perdida de Urartu.

— Mas certamente — disse Marina a Nikolsky —, alguns aqui vão sobreviver para contar as histórias pessoalmente.

— Ah, sim — concordou Nikolsky prazerosamente. — Mas quem vai acreditar neles?

Marina tem seu palácio de memória: aquilo se tornou sua fixação. Ela agora pode caminhar livremente pela galeria de imagens, e as pinturas e esculturas aparecem tão facilmente em sua mente que ela consegue manifestar a maioria delas sem nem pensar. O que começou como um exercício, uma distração, parece ter se tornado o próprio motivo de sua existência. Mas se ela precisasse justificar aquele motivo, estaria perdida. Não há nenhum livro, nenhum desenho, nada para apresentar pelos quase três meses de prática.

— É essa a questão — diz Anya. — Seu tio e Alexander Nikolsky são homens sábios, estou certa disso, mas eles confiam demais no papel. Ninguém pode lhe tirar o que está aqui. — Ela bate com o dedo na própria testa.

— Sim, ninguém pode tirar, mas também ninguém pode ver, Anya.

— Não desista ainda, querida.

Marina suspira.

Um dia, logo depois de as duas começarem seus pequenos passeios, Anya parou no Salão Ticiano, apontou para um espaço na parede e, em seguida, num sussurro conspiratório, descreveu uma pintura que Marina jamais tinha visto.

Anya cochichou no ouvido de Marina:

— Eles a levaram embora.

— Por que está cochichando, titia? — perguntou Marina. — Não é nenhum segredo que as pinturas foram para Moscou. Todos sabem disso. — Cerca de dez anos antes, Stalin obrigou o Hermitage a enviar grande parte de seus bens, incluindo obras-primas de quatrocentos anos, para o Museu de Belas Artes em troca de alguns impressionistas e pós-impressionistas que eram decadentes demais para serem exibidos. Os professores da acade-

AS MADONAS DE LENINGRADO

mia falavam abertamente sobre aquilo, apesar de naturalmente tomarem cuidado para exprimir o estupro do museu com os mais velados eufemismos.

Anya balançou a cabeça e respondeu:

— Não estou falando das pinturas que foram para Moscou. Outras. Antes disso. Antes de você nascer. — Ela olhou ao redor novamente, como se alguém pudesse estar escondido na sala vazia. — Eles apareciam aqui e na manhã seguinte coisas estavam faltando — disse Ana, erguendo as sobrancelhas expressivamente.

— Quem?

— Eu nunca os vi, mas todos sabiam que eram do *Antiquariat*.

Segundo Anya, durante toda a década de 1920, os agentes de Stalin se apresentavam a Orbeli com listas e partiam no meio da noite com artes a serem vendidas no mercado internacional. Quando os funcionários das salas e os guias do museu chegavam para trabalhar de manhã, descobriam que haviam obras faltando e que as pinturas remanescentes haviam sido penduradas novamente para disfarçar as lacunas. Curadores e diretores não mencionavam as obras desaparecidas e evitavam qualquer pergunta, e rapidamente foi compreendido que, oficialmente, esta arte jamais existira. Anya diz que, anos antes das remoções oficiais, centenas de outras peças desapareceram uma a uma: pinturas e esculturas e prataria suficiente para abarrotar um navio pirata.

Mas Anya lembra de tais pinturas com a mesma facilidade quanto aquelas que ainda fazem parte da coleção, e ela inventou um esquema para incluir todas aquelas obras desaparecidas no palácio de memória de Marina. Não importa que Marina jamais as tivesse visto com seus próprios olhos. Aquilo se tornou a fixação de Anya.

— Se não sobrar ninguém para lembrar delas — disse Anya quando incubou pela primeira vez aquela noção lunática, aí será como se elas jamais tivessem existido.

Marina concordou que era triste, mas protestou contra a lógica de tentar se lembrar de algo que jamais tinha visto. Anya, porém, não estava interessada na razão.

— Eu posso morrer a qualquer momento. Quando eu morrer, elas não podem morrer comigo — respondeu.

É impossível discutir, uma vez que ela exibe todos os sinais de estar perto da morte. As muitas camadas de roupa que todos devem vestir contra o frio disfarçam os piores estragos da fome, mas Anya está cada vez mais frágil, ela mal consegue sustentar nem mesmo o peso de seus próprios ossos. Caminhar a cansa, e ela só consegue dar alguns passos sem ter que parar para descansar. Sua saúde seria motivo suficiente para abandonar os passeios pelo palácio e a queima de preciosas calorias sem necessidade, mas Anya é inflexível, e Marina suspeita que esta necessidade de passar adiante o que ela lembra seja a única coisa que a mantém viva.

Por isso, Marina está agora tentando decorar as salas novamente, acrescentando mais uma camada de pinturas desaparecidas sobre as que ela já conhece. Anya descreve as telas sumidas em detalhes, e por mais que Marina não consiga de fato visualizá-las, ela memoriza o suficiente para agradar sua amiga. É um trabalho tedioso, e mesmo que ambas levantem cada vez mais cedo, seu progresso diminuiu até rastejar. Elas ainda não passaram dos salões do Novo Hermitage nem atravessaram o pátio para as salas do Palácio de Inverno, e em alguns dias não conseguem sequer subir as escadas.

Nesta manhã, no entanto, Anya está decidida a visitar o Salão Rembrandt, onde ela diz que tem muito a mostrar para Marina.

AS MADONAS DE LENINGRADO

A escadaria principal dentro do Novo Hermitage está traiçoeira por causa do gelo, e não há corrimões para evitar uma queda. Anya se apoia pesadamente sobre Marina, e as duas sobem um degrau de cada vez, como alpinistas numa encosta perigosa. Elas levam meia hora para chegar ao topo. Atravessam o longo patamar, passando por pedestais de mármore vazios, e chegam à primeira sala depois da escadaria, onde ficavam pendurados os quadros de Antoon van Dyck. Anya tira um pano do bolso de sua jaqueta. Ela reluta em admitir que está exausta. Por isso, enquanto descansa, faz uma demonstração ao inspecionar uma grande moldura apoiada contra a parede. Ela espana cuidadosamente a poeira que acumulou na borda superior.

Marina fica em pé ao lado dela e dá uma olhada na sala vazia. De certa forma é mais bonita agora. Privada das pinturas e dos móveis, a sala em si passa ao primeiro plano, austera e grandiosa. A geada esculpiu desenhos elaborados nas paredes, redemoinhos que brilham com a luz da manhã. Ainda assim, as molduras vazias trazem à mente todas as pessoas que estão ausentes. O Conde de Danby e a Rainha Henriqueta. Carlos I em sua armadura e Thomas Wharton e seu chapéu de plumas. Uma nova família com uma bebezinha e duas jovens irmãs vestindo suas melhores roupas. A irmã mais velha olha orgulhosamente para Marina quando ela passa e as identifica, Elizabeth e Philadelphia Wharton, mas a mais jovem parece que gostaria de ser liberada da pose desconfortável na qual o artista a colocou.

Há outros que ela não pode ver, mas Anya descreveu todos os detalhes das pinturas na semana passada. Assim, quando Marina passa pelos locais aproximados no qual elas se encontravam, ela repete para Anya, ainda parada perto da porta, descrevendo um lorde e uma dama e, por último, uma mãe e filha.

— Ela está usando um vestido púrpura e rufo — diz Marina. — E a filha, que deve ter sete ou oito anos, está à sua esquerda. Ela parece uma pequena adulta em seu vestido.

— Você consegue imaginá-los? — pergunta Anya com esperança.

— Talvez um pouco — mente Marina.

Ela circula e volta para perto de onde Anya continua parada. Aqui está o próprio van Dyck, um homem de aparência romântica com cachos e nariz comprido. E logo depois dele, na enorme moldura que Anya estava espanando, há uma madona e menino. Parecem deslocados em meio a todos esses cavalheiros flamengos. A pintura se chama *Fuga para o Egito*, mas dois pássaros na asa sobre a cabeça de Maria dão à pintura seu apelido, *Madona com Perdizes*.

— Você está bem? — pergunta ela a Anya.

— Sim.

Marina a pega pelo braço.

— Se quisermos chegar aos Rembrandt ainda hoje, é melhor irmos andando.

E assim as duas caminham de braços dados pelo Salão Rubens. Estão avançando tão lentamente que Marina consegue comentar as obras continuamente, embora pule algumas peças. Ela ignora categoricamente Baco e deseja que sua corpulência volte a sumir em meio à geada prateada, apenas notando oficialmente que ele está lá. O mesmo acontece com a pintura de Rubens da filha amamentando seu pai faminto.

— *Marte e Cupido. Vênus e Adônis. A Coroação da Virgem. Agar deixa a casa de Abraão.*

Nessa velocidade, mesmo dando meia-volta agora, ela vai se atrasar para o trabalho. Está ajudando o carpinteiro do museu na construção dos caixões. Os depósitos do museu são a última

AS MADONAS DE LENINGRADO

fonte de madeira na cidade, então a construção de caixões se tornou a ocupação principal dos trabalhadores deslocados da equipe. Eles não são artesãos, mas de qualquer forma só fazem caixas utilitárias, algumas tábuas de pinho presas a marteladas para comportar corpos que não pesam quase nada. Há tantos trabalhadores doentes agora que aqueles que ainda são aptos estão ainda mais motivados para tentar atender a demanda. Se ela se atrasar, é melhor ter um motivo muito bom. Algo melhor do que passear pela galeria de quadros e catalogar artes desaparecidas.

Quando chegam ao Saguão Tent, Marina as direciona diretamente ao centro da sala, e nem se dá o trabalho de comentar o que há de cada lado. Ela espera que Anya a repreenda, mas a velha também voltou sua atenção para a porta no final do corredor, que dá acesso ao Salão Rembrandt. Na metade do corredor, Anya subitamente vacila e se segura no peito de Marina.

— Estou bem — afirma ela, ainda agarrada à jaqueta de Marina. — Só perdi o equilíbrio ali.

— Na verdade, devíamos voltar, Anya. Você parece cansada. Além disso, preciso ir para o trabalho em breve.

Anya se endireita e solta Marina.

— Se precisa ir, precisa ir. Eu vou continuar até o Salão Rembrandt. — Ela acelera o passo, cambaleando em direção à porta, como se para sugerir que Marina é que estava andando devagar.

— Está bem, está bem, calma — diz Marina, pegando novamente seu braço e a estabilizando. — Não precisamos chegar lá ontem.

Logo depois de atravessar a porta, Anya para na frente da parede onde *Dânae* estava pendurada, mas seu olhar é direcionada à borda direita da moldura.

149

— Essa foi uma das primeiras. Cheguei para trabalhar um dia e ele não estava mais aqui. Bem convencido, não acha?

Marina se controla para não lembrar a Anya que ela jamais viu essa pintura, seja lá quem for.

— Quem é ele? — pergunta ela.

— Ora, bem, Rembrandt disse que era um nobre polonês, mas ele não parece com nenhum polonês que eu já tenha visto. Ele é russo. Olhe. — Ela aponta. — Está com aquele chapéu de pele de urso e o manto de pele que usavam aqui. E aquele brinco de pérola grande. Ele se acha um partido e tanto com esse bigode, mas olhe toda essa papada debaixo de seu queixo.

— E como era chamado?

Anya deixa seu devaneio e olha duramente para Marina, como se ela tivesse feito uma pergunta tola.

— *Um Nobre Polonês*.

— *Um Nobre Polonês*, brinco de pérola, bigode, chapéu de pele de urso. Certo, está bom o suficiente.

— Agora essa parece um pouco com você — prossegue Anya, apontando para a parede ao lado. — Mas mais jovem. Mas tem seus cabelos ruivos.

Anya descreve uma garota apoiada numa vassoura e encarando diretamente o espectador. *Menina com uma Vassoura*. E, em seguida, o retrato de uma dama com um cravo, e outro de Palas Atena, seguida pelo de um velho.

— Agora eis aqui a cena em que Pedro renegou Cristo. Esse foi um de seus melhores, na minha opinião.

— Mais um? — Marina se pergunta se Anya talvez esteja confusa. É difícil achar que Stalin venderia tantas obras-primas. Ele não dizia sempre que essa arte pertencia ao povo, que era sua herança? Ela não é tão ingênua a ponto de acreditar em tudo

que dizem, mas vender até um Rembrandt parece inconcebível.
Anya já descreveu meia dúzia.

— Você conhece essa história, Marina? Na última ceia, Cristo
disse a Pedro que ele negaria conhecê-lo três vezes antes de o
galo cantar. E os Evangelhos nos contam que isso foi de fato o
que aconteceu. Veja ele aqui — ela aponta —, está sentado perto
do fogo com algumas pessoas na cidade. Romanos. Porém esse
é o toque de mestre. Rembrandt usou a luz do fogo para tornar
a cena mais dramática.

A voz de Anya é distorcida pelo pensamento que se forma
na cabeça de Marina. Ela sabe que Anya não mentiria descaradamente, mas poderia ser tudo invenção? Teria Anya fabulado
essas pinturas? São visões bem específicas, mas isso não significa
que sejam reais.

— Tem certeza de que era um Rembrandt?

Anya se vira lentamente para Marina.

— Quando vir, vai saber. — Seus olhos estão tão brilhantes e
vazios como moedas. — Ninguém mais poderia pintar desse jeito.

Marina decide naquele instante perguntar a Olga Markhaeva
se ela já ouviu falar nessas pinturas desaparecidas. Ela não sabe
por que não pensou nisso antes. Anya é, afinal de contas, uma
mulher muito idosa.

O trajeto de volta até as escadas é ainda mais demorado,
embora estejam parando apenas para Anya descansar. Mas se
Marina está tentada a apressá-la, uma olhada na direção da idosa
dissipa a ideia. A cada passo, a aparência de Anya fica mais cinza,
e logo Marina a está praticamente carregando, os pés de Anya
se arrastam quase sem peso.

Elas param novamente perto da *Madona com Perdizes*. Ela
encosta Anya num vaso de mármore, sustentando-a de pé com

uma das mãos. Anya está a ponto de desabar no chão. Se ela cair, Marina não tem certeza se vai conseguir levantá-la de volta.

A madona também está descansando. Segurando seu bebê no colo, ela parece distraída e até um pouco apreensiva com um bando de querubins dançando ciranda ali perto. Ela não parece nem um pouco ávida por se preocupar com os problemas dos outros. Mas Marina recorre a ela mesmo assim. Não está pedindo muita coisa.

— Me ajude a levá-la lá para baixo — sussurra. — Não a deixe morrer aqui, por favor. — Ela repete o "por favor" por precaução e com a mão livre toca furtivamente os dedos na testa.

O Salão Rubens. Até aqui, em uma sala vibrante cheia de carne, a pintura no centro da comprida parede pede uma pausa. Eis aqui uma jovem mulher amamentando um velho. Ela é jovem, roliça e tem rosto saudável. Ele está nu, com apenas um pano preto cobrindo sua genitália. Suas mãos estão acorrentadas nas costas. Apesar da bela musculatura — seus braços e pernas são perfeitamente esculpidos, o peitoral e o abdome definidos — sua cabeça é um horror: a barba e o cabelo embaraçados, os olhos esbugalhados tão grotescos quanto os de uma gárgula, mirando o mamilo exposto da garota.

Antes de vocês virarem as costas de nojo ou piscarem conscientemente uns para os outros, deviam saber que o artista insiste que o quadro fala de amor. Amor filial. O velho foi condenado pelo senado romano a morrer de fome, e sua filha foi até sua cela na prisão e ofereceu o seio para alimentá-lo. Isso não tem nada a ver com o amor decoroso ou as paixões intensas que se costuma ver em um quadro. É bruto, deplorável e humilhante. No final, somos corpos físicos e toda noção abstrata sobre o amor afunda sob esse fato.

— Ela não está linda, mamãe? O item emprestado são as pérolas de Naureen.

— Ela me lembra de uma menina que conheci um dia.

— Quem?

— Em Leningrado. Não sei... Esqueci o nome dela agora. Ela ficava no andar de cima.

— Isso foi quando você morou no porão?

— Sim. Eu subia para visitá-la.

— Não entendo uma coisa. Por que estava morando num porão?

— Era guerra. Estavam soltando bombas.

— Ah, claro. Faz sentido.

— Nós todos vivíamos em porões na época.

— Mas não a sua amiga que morava no andar de cima?

— Não.

— Por que ela não?

— Não sei. Não lembro.

— Tudo bem, não precisa. Eu só estava curiosa.

— O pai dela morreu de fome naquele inverno. Disso eu me lembro. Ela o alimentou com o seu leite materno, mas ele morreu mesmo assim.

Apareceram trenós na avenida Niévski, por toda a cidade, trenós infantis pintados de vermelho, amarelo e azul. Os bondes há muito pararam de passar, congelados seja lá onde estivessem quando o restinho de eletricidade acabou. Para ir de um lugar ao outro, as pessoas andam. As ruas estão quase desertas, mas algumas pessoas caminham com dificuldade em câmera lenta, com os corpos curvados para a frente como se estivessem contra um vento forte. Alguns puxam trenós, transportando aqueles que não podem mais andar. Os aleijados. Os mortos. Cadáveres enrolados em faixas ou ainda empacotados em seus casacos pesados. Pés azuis se sobressaem. Os únicos sons na rua são os terríveis rangidos de corrediças no gelo.

Marina se esforça sobre um monte de neve congelada na calçada. Ela está andando há mais de duas horas e atravessou cinco quadras desde a entrada de serviço do Novo Hermitage, uma distância que percorreu um dia num piscar de olhos, dando a isso tanta atenção quanto dava ao ato de respirar. Agora é como estar num sonho e tentar fugir de alguma coisa: suas pernas não se movem, parecem de madeira, enraizadas no chão, e apenas com uma enorme força de vontade ela consegue arrancar um tronco do chão, movê-lo à frente, e então baixá-lo novamente com cuidado, tentando sentir o gelo escorregadio sob as botas antes de apoiar o próprio peso.

Ela descansa, sem fôlego e atordoada pelo esforço, e estende o braço para apoiar a mão na fachada de pedra de um prédio. Lentamente, ela levanta a cabeça. O céu cinza plano rebobina por um momento antes de estabilizar.

Ela está a apenas poucas quadras do apartamento Krasnov, mas, apesar de esse ser seu bairro, ela mal o reconhece. Toda superfície está coberta de geada, e há pingentes de gelo pendurados como musgo nos arames e beirais acima da cabeça dela. Os prédios também estão encrustados de gelo, e suas janelas tampadas com tábuas expõem um rosto em branco para a rua. Não há barulho, nem cachorros ou gatos na rua, nenhuma fumaça subindo de chaminés, nenhuma evidência de vida. Ela poderia muito bem ser a única sobrevivente que restou de uma civilização perdida, como a Urartu de tio Viktor. A cidadania condenada, entretanto, deixou mensagens para trás, engessadas por compensados e muros e seladas sob o gelo, mas ainda legíveis. Aqui está um pôster com o anúncio encorajador "A Vitória Está Próxima". Um outro pôster oficial recomenda que o cidadão procure abrigo durante ataques aéreos e ameaça quem não o fizer. Abaixo deles, na altura dos olhos, há uma colagem congelada de avisos datilografados ou escritos à mão: ofertas para trocar sapatos, um armário de mogno, uma bicicleta, joias de ouro e prata, um conjunto de diários de viagens ao Marrocos, um casaco de zibelina, uma máquina de escrever. O que quer que alguém pudesse querer está anunciado aqui, tudo em troca de comida. Eles estão velhos, pedaços de papel esfarrapados, manchados e enterrados sob camadas de gelo. Os últimos apelos desesperados da civilização foram postados aqui quando alguém ainda poderia conceber a ideia de barganhar em troca de alimento. Não há nenhum anúncio novo.

Nesta nova geografia, a esquina seguinte se estende até o horizonte como a perspectiva forçada em paisagens: cinzenta, nebulosa e impossivelmente longe, separada por uma cordilheira resistente de neve suja e compacta e cravejada de colinas congeladas de lixo e lagos escorregadios de gelo. Ela decididamente dirige a atenção de volta para as próprias pernas, para o próximo passo. Na sua frente, idealiza a imagem de uma barra de chocolate.

Hoje é aniversário de Tanya, e Nadezhda estava particularmente angustiada de manhã por causa da data. Ela não consegue admitir a possibilidade arrasadora de seus filhos estarem mortos. Então, em vez disso, concentrou sua tristeza na ideia de sua estar comemorando o aniversário sem a família por perto. Ela relembrou distraidamente comemorações de aniversário, dos bolos que assava para os filhos, bolos com recheio de geleia e cobertura de creme, o cacau, os presentes embrulhados empilhados no prato da criança aniversariante. Ela se lembrou de esconder um rifle de brinquedo, uma caixa de giz de cera, e uma barra de chocolate no último aniversário de Misha, enfiando-os debaixo dos lençóis numa prateleira alta onde o garoto não pensaria em procurar. No tumulto distraído da partida das crianças, ela se esquecera dos presentes até aquele momento.

— Eu esperava que ele estivesse de volta antes do aniversário.
— Ela se virou para o marido cheia de uma fúria repentina. — Você me prometeu que eles voltariam em duas semanas.

Viktor olhou para ela, com os olhos cheios de dor, mas não disse nada. Ele não sai da cama há dez dias, e naquele espaço de tempo sua aparência passou por uma transformação preocupante. Seu rosto é uma máscara esquelética, seu nariz ficou mais pronunciado, seus olhos fundos.

Marina interrompe a tia antes que ela possa repreender ainda mais o marido doente:

— Eles ainda estão lá?

— Onde? — pergunta Nadezhda, confusa.

— Os presentes. O chocolate. Ainda estão lá?

Nadezhda estava perturbada demais para entender a importância da pergunta, mas Marina já estava planejando essa jornada. Chocolate, provavelmente uma barra grande, tendo em conta a tendência de Nadezhda em fazer a vontade dos filhos. Mesmo agora, Marina consegue sentir o gosto aveludado e doce na boca.

Quando ela dobra a Niévski e entra na sua rua, é assolada pela visão do número 19, sua casa. A fachada do edifício foi arrancada por um explosivo, expondo os apartamentos da frente para a rua como os quartos de uma casa de bonecas. O térreo está coberto de escombros, mas ela ainda pode ver dentro dos cômodos do primeiro andar. Em um cômodo, uma cozinha amarela, cadeiras estão esparramadas pelo chão, mas uma xícara de chá permanece intacta sobre a mesa. Há um calendário pendurado torto acima do fogão. Marina acha que este seria o apartamento da família Magrachev: um supervisor de fábrica e sua esposa, o pai idoso dela, e uma garotinha da idade de Misha. No quarto adjacente, uma luminária ainda está pendurada do teto, e sua sombra balança com uma rajada de vento. Dois casacos, um de homem e um de mulher, estão pendurados perto da porta.

A entrada da frente do prédio, que um dia fora um lindo mármore italiano com portas de vidro jateadas, foi demolida,

AS MADONAS DE LENINGRADO

então Marina dá a volta lentamente até o jardim lateral. Há escombros e detritos amontoados no jardim em pilhas congeladas. Ela toca a campainha e espera. Toca novamente. Talvez todos já tenham ido embora. Não parece possível que alguém ainda esteja morando aqui, e ela está à beira das lágrimas. Ela não tem a chave da porta da entrada de serviço. Toda essa caminhada para nada. Ela não sente as pernas, e é impossível acreditar que elas poderão levá-la de volta toda a distância que percorreu.

E então a porta abre um pouquinho.

— Quem é? — estala uma voz rouca, e o rosto de uma anciã esfarrapada aparece na fresta.

— É Marina, do cinco leste.

— Marina Anatolyevna Krasnova?

Marina se dá conta com espanto de que a anciã é Vera Yurievna, a zeladora do prédio, uma mulher de quarenta e poucos anos. Ela abre a porta e joga os braços em volta de Marina, abraçando-a como se ela fosse um parente desaparecido há muito tempo.

— Você está parecendo um bloco de gelo, menina. Entre, entre. Vou colocar um pouco de água no fogão — diz ela, puxando Marina para dentro e a conduzindo por um corredor escuro até seu apartamento.

Vera acende uma vela miserável, cuspindo centelhas de luz na escuridão e revelando um labirinto pequeno e úmido. Ela se mudou para sua cozinha, tampando a janela com tábuas e fechando o outro cômodo. Para esse cômodo ela trouxe uma cama estreita, uma única cadeira e uma mesa pequena, todos dispostos ao redor de um *burzhuika*, o onipresente fogãozinho de ferro que todos usam agora.

Ela oferece a cadeira a Marina e puxa um cobertor das pilhas amarrotadas sobre a cama.

DEBRA DEAN

— Tome, cubra-se com isso. Vamos ter um pouco de calor em um instante. — O cobertor ainda está quente do corpo de Vera, e Marina o aceita com gratidão.

Vera acende o fogo enquanto pergunta sobre a família de Marina, sua tia, seu tio, as crias deles. Pega um livro de sobre a mesa, uma coleção de fábulas, e arranca duas páginas, as amassa, e as joga no fogo. Em seguida coloca o que é claramente parte da perna de uma mesa. Vera inflama o papel e cuidadosamente acalenta a chama até que se torne uma pequena e ordenada fogueira.

— Puxe essa cadeira mais para perto. Aqueça as mãos. — Em seguida, ela serve um pouco de água de um jarro numa chaleira e a põe de volta no fogão.

— Você está sozinha aqui? — pergunta Marina. Por mais que deteste estar grudada às multidões amontoadas nos porões do Hermitage, essa desolação parece uma alternativa bem pior.

— Ah, não. É claro que muitos partiram após os bombardeios, foram morar com amigos ou quem quer que seja.

— Quando foi isso?

— Doze de dezembro, logo após a meia-noite. Terrível. — Vera encara alguma visão que só ela vê. — Terrível. Mas ainda somos 23. Os apartamentos dos fundos não foram danificados. O seu está exatamente como o deixou. Anna Ostromovna Dudin e sua mãe, suas vizinhas de porta, ainda estão aqui. E há sete do quatro leste, Maria Volkova, os filhos dela e três primos. — Vera enumera os habitantes que ainda vivem no prédio e o destino dos que se foram. — Sofia Grechina, lembra dela, a poeta, aquela mulher estranha do primeiro andar com os dois poodles? O apartamento dela foi soterrado, mas ela estava trabalhando no turno do plantão. Aposto que você nunca viu tanta histeria. Ela

AS MADONAS DE LENINGRADO

estava conseguindo manter os dois cachorros vivos, acho que dava a eles parte de sua própria ração, mas é claro que foram soterrados nos escombros. Ela se mudou para a casa da mãe de Georgi Karasev.

Marina se recorda dos dois casacos pendurados, do lustre balançando, e pergunta sobre os Magrachev. Vera balança a cabeça.

A água começa a ferver e Vera a despeja em duas xícaras de porcelana.

— A nossos amados no front — entoa Vera, erguendo sua xícara.

Marina envolve a porcelana quente nas mãos, inspirando o vapor e dando goles curtos. A água é luxuosamente quente e abre um caminho de lava pela garganta de Marina, escorrendo até sua barriga. Parece uma vida nova.

— Oh, meu Deus, isso me lembrou uma coisa. Tenho uma carta para você — diz Vera. Ela vai até uma prateleira e, após remexer um pouco, volta com um envelope fino. — Chegou há algumas semanas. Eu ia encaminhá-la a você, mas a carteira parou de passar.

Seu nome e endereço estão escritos na caligrafia cuidadosa de Dmitri. A carta treme nas mãos de Marina. Ele está vivo. Ela rasga o envelope e retira duas folhas. Elas estão listradas por tiras de papel azul coladas sobre algumas frases de Dmitri pelos censores.

Minha querida Marinochka,

Penso em você a todo momento e guardo sua imagem no meu coração para me lembrar de por que estou aqui. Estamos

Mas apesar disso tudo, mantenho a esperança de revê-la em breve. Tudo me lembra você. Ontem à noite, uma garota chegou a nosso acampamento com uma delegação de boa vontade de ███████████████████. Ela tinha os cabelos como os seus e, de longe, parecia tanto com você que gritei seu nome e atravessei correndo metade do campo como um idiota. Mas, como sabe, minha visão à distância é ruim, e quando me aproximei, ela na verdade se assemelhava bem pouco com você. Tentei explicar meu engano, mas me atrapalhei, e acho que devo tê-la assustado um pouco. Em sinal de desculpas, dei a ela algumas sementes de girassol.

██████████████████████ mas aí sinto o calor do sol nas minhas costas e o verde vivo das árvores às portas do nosso acampamento e tenho esperanças mais uma vez de que ███████████████.

Marina para de ler, intrigada, e então olha no canto superior esquerdo e encontra uma data: 21 de setembro de 1941. A carta tem quase três meses. Ela sente uma raiva repentina de Vera, mas antes que venha à tona, pensa em checar o carimbo dos correios. Está marcado 28 de novembro.

Recebemos notícias da cidade aqui dizendo que ███████████ ████████████████. Como estão sua tia e seu tio? E o que ele acha de nosso noivado? Depois que parti, me ocorreu que talvez devesse ter pedido sua mão a ele, e espero que **você explique a ele que me arrependo de não ter pensado nisso antes. Talvez ele não se importe tanto.**

Escreva para mim, meu bem, e me conte tudo que puder lembrar. Não precisa ser importante, só as coisas do dia a dia, o que jantou ou como está indo o empacotamento. Quando tudo parece tão pesado de significado, é bom ouvir sobre coisas inconsequentes.

Dê um grande abraço em Tanya por mim. Não imagino que Misha vá tolerar um abraço, mas diga a ele que precisa estudar bastante, que ele é a esperança de nosso ██████████████████ país. E, para você, deve imaginar que estou beijando seus cabelos, suas pálpebras, a ponta de seu nariz, seus lábios, et cetera.

Com todo meu amor,

Dima

Vera está observando seu rosto.

— Ele está bem?

— Não sei. A carta é bem velha.

— Sinto muito, querida. Não vi que era para você antes de a carteira ir embora, senão teria sido encaminhada.

— Não, não. Você não tem culpa. Obrigada por guardá-la para mim. — Ela sente a dor se acentuando dentro dela, crescendo como náusea, mas ela reprime seus pensamentos e força a escuridão a descer de volta pela garganta. Marina redobra a carta cuidadosamente, a coloca de volta no envelope, e o guarda no bolso do casaco.

— Acho que deveria ir lá em cima. — Ela não conta a Vera por que veio, mas inventa alguma coisa sobre ter que buscar alguns papéis para tio Viktor. Ela trouxe a chave da porta, mas estupidamente se esqueceu de trazer uma vela, então Vera lhe dá o restinho de sua própria vela. Sua generosidade faz Marina se envergonhar por não dizer nada sobre o chocolate.

— Espero que não se importe se eu não subir com você — diz Vera. — As escadas, sabe.

É preciso um esforço hercúleo para subir a vertiginosa escadaria. Marina se empenha a dar um passo de cada vez pelos cinco lances de escada. Quando alcança a porta de seu apartamento e vira a chave na fechadura, está bastante ofegante e mal encontra forças para empurrar a pesada porta.

A luz fraca da vela ilumina um interior morto e cinza tecido por gelo. Tio Viktor vendeu o tapete oriental da sala de entrada em outubro, e pedaços dos móveis de madeira foram vendidos depois para serem usados como lenha, então o cômodo está quase vazio. Um divã solitário parece uma besta cinzenta no canto.

Marina segue a luz da vela até o corredor onde fica o roupeiro. Ela não quer olhar nos outros quartos, mas quando percebe que vai precisar de algo em que subir para alcançar a prateleira mais alta, passeia pelo apartamento até encontrar um baú de metal no quarto de Viktor e Nadezhda. Mesmo vazio, é pesado demais para levantar, e conforme Marina o arrasta lentamente até o armário, ele deixa um rastro de arranhões no assoalho de madeira de Nadezhda. Ela finalmente consegue alcançar a prateleira, e puxa sobre a cabeça uma pilha de toalhas de mesa, guardanapos, toalhinhas de renda, uma arma de brinquedo. Sua mão se depara com algo retangular, do tamanho de um envelope só que mais pesado.

Ela poderia tê-lo comido ali mesmo, sentada sobre o baú de metal, encarando aquele milagre em suas mãos. Ninguém saberia. Ninguém. Uma sensação desesperada chacoalha seu estômago, e seu cérebro se agita, seus dedos tremem. Ela pensa que está segurando a vida de seu tio nas mãos.

É terrível ter pessoas que se ama, às quais você está acorrentado por seja lá que laços que tornam a dor deles sua também.

AS MADONAS DE LENINGRADO

Embora não tenha muita afeição pelo tio, sua obrigação é tão forte quanto o amor. Ela reconhece o pacto. É aquele mesmo senso de dever que governou o comportamento dele em relação a ela por toda a vida, acolhendo-a e a sustentando apesar de seus medos. Dando a ela os maiores pedaços de pão a cada refeição, mesmo enquanto ele definha. Talvez isso seja amor.

Ela sabe que, se desembrulhar o pacote e expuser o chocolate, a última parte dela que ainda é humana vai morrer, e assim, antes que consiga pensar mais, ela enfia a barra no bolso do casaco junto com a carta de Dmitri. No caminho de volta para o museu, ela sente o peso do chocolate e da carta. Eles batem insistentemente contra sua coxa a cada passo.

Começa a nevar, a princípio alguns flocos, mas rapidamente o céu fica pesado e agitado. Os outros poucos solitários na avenida desaparecem atrás de uma cortina branca, e ela prossegue sozinha pela névoa suave como se num pesadelo. Seus pés estão pesados como chumbo e, embora continue levantando cada pé e o baixando outra vez, não se sente avançar. Os pontos de referência que marcaram sua viagem até aqui desapareceram no meio da neve, que também abafa todos os sons. Ela não se recorda de ter cruzado o canal Griboiedov, apesar de achar que certamente deva tê-lo atravessado.

Cinco, doze, quarenta passos. Marina começa a contar a fim de se reassegurar de que está andando. Ela não pode entrar em pânico. Precisa ficar calma e continuar andando, confiando que cada passo a traz para mais perto da segurança. Mas nem disso ela tem certeza. Poderia muito bem ter saído da Niévski e estar perambulando na direção errada. Marina não faz ideia de onde está, e a brancura está começando a escurecer. Logo será noite, e o que será dela então?

Ela está no passo 163 quando pisa em algo que não é gelo nem neve. A maciez se move sob seus pés e ela grita, puxando a bota para trás e dando uma guinada para se equilibrar.

Um pacote escuro de trapos está a seus pés, metade escondido sob uma camada de neve.

— Santa mãe de Deus — exclama o pacote num chocalho suave. — Tenha piedade. — Um braço se estica na direção dela, uma garra que surge de um cobertor e agarra fracamente seu casaco.

Apavorada, ela a espanta. A garra tenta alcançá-la novamente, mas ela defere golpes com tanta força que ela cai de volta na neve e fica ali, imóvel. O coração de Marina está batendo perigosamente no peito. Ela se sente flutuando num pânico suspenso, com a neve rodopiando em volta de seu rosto. Ela não consegue pensar, não consegue formular nenhum raciocínio a não ser que esse espectro está tentando derrubá-la. As pessoas caem e morrem onde caíram. Ela não pode deixar que isso aconteça. Não pode morrer aqui na rua. Ela precisa voltar para o museu.

E então ela enxerga os olhos, dois olhos fundos voltados para ela em meio a um cachecol estampado enrolado em volta do rosto. Os olhos lhe imploram silenciosamente.

Marina sabe que não consegue levantar a mulher. Ela não tem forças para colocá-la de pé, muito menos para ajudá-la a caminhar.

— Sinto muito. Não posso ajudá-la.

Os olhos não se movem.

Marina sente outra vez o peso do chocolate no bolso. Não vai fazer diferença, ela diz a si mesma. A mulher vai morrer. Você não pode ajudá-la. Seja razoável. Você tem uma família em casa que também está precisando. Nunca é suficiente.

AS MADONAS DE LENINGRADO

Mas ela já está tirando a barra de chocolate do casaco e rasgando o papel alumínio. Ela quebra um pedaço do chocolate e, se agachando, o estende na direção da mulher. A mulher não se mexe, mas seus olhos sombrios se arregalam quase imperceptivelmente. Marina tira o cachecol congelado do rosto da mulher. A boca se abre, e Marina põe um quadradinho de chocolate na língua dela.

Uma das cinco salas dedicadas aos flamengos, esta é conhecida como o Salão Snyders. É um grande espaço, com um teto de vigas pintado de ornamentações florentinas. Assoalho de madeira xadrez, et cetera. Na verdade, a sala não importa. É o que ela contém — a parede comprida repleta de enormes tendas de mercado alinhadas exibindo todo tipo de peixe imaginável, gansos e pássaros de caça pendurados pela cabeça, e veados e coelhos abatidos e empilhados. E ainda mais uma barraquinha com uma profusão de verduras transbordando de cestos. Cabeças de repolho, alhos-porós, alho e couves-flores, cogumelos e mandiocas, a variedade é fascinante. Dê mais alguns passos e eis então uma longa mesa de frutas: tigelas de maçãs, cestas cheias de ameixas e peras, ramos de alcachofras e melancias se espalhando pelo chão. O excesso de agitação é capaz de fazer alguém desmaiar. Seria possível comer durante anos nesse salão e jamais sentir fome.

E do outro lado tem mais frutas, artisticamente dispostas como joias em veludo. As deslumbrantes e suculentas uvas de Utrecht estão em seu ápice, seus pêssegos tão realistas que seu aroma perfuma o ambiente. E cerejas como um cordão de rubis cintilantes. É de chorar.

As mesas no pátio estão carregadas de comida. Pratos de cogumelos recheados e verduras assadas, espetos de cordeiro grelhado. Queijos, salmão defumado e tigelas de frutas descansando num leito de gelo. Há um enorme bolo branco exposto numa mesa separada, camada sobre camada de bolo, como redemoinhos de cobertura esculpida, folhas e rosas, muito rococó, como o dourado e as paredes de gesso do Palácio de Inverno.

A cada tipo de comida, Dmitri pergunta a Marina se ela quer salada de folhas. Uma fatia de melão? Salmão defumado e pão de centeio? Muito antes de chegarem ao fim da fila, o prato que ele segura para ela já está pesado de tão cheio. Ele a guia até a tenda branca e através de um labirinto de mesas, e a coloca sentada ao lado de uma mulher de aparência cansada usando um vestido rosa choque.

— Vou pegar um prato para mim.

Ele pega a bolsa de Marina e a coloca na cadeira vazia a seu lado, e então desaparece no meio da multidão.

— Foi uma bela cerimônia, não acha? — pergunta a mulher de rosa.

— *Da.* — Marina assente concordando educadamente.

— Quando Naureen disse que Katie e Cooper iam escrever seus próprios votos, pensei: Lá vem. Mas foram tão atenciosos e simples, perfeitos. Minha amiga Tina... lembra dela? Quando a filha dela casou, eles escreveram os próprios votos, mas em rimas. Foi péssimo. *Amor, cor, dor*, esse tipo de coisa. E pediram para um malabarista caminhar até o altar. Nunca entendi muito bem o que aquilo devia significar.

O rosto da mulher é familiar, mas Marina não consegue identificá-lo. Há tantos rostos para lembrar, para nomear e ordenar por salas. Às vezes, quando ela olha, tudo que vê é uma parede vazia. É assustador esse esquecimento, como se mais um pedacinho de sua vida estivesse escapulindo. Se ela deixar todas as pinturas desaparecerem, terá ido com elas.

— Mamãe? Tome aqui, por que não come um pouquinho? — A atenção de Marina é desviada para o prato à sua frente.

— Acho que esses jovens perceberam que as velhas palavras não significam muita coisa. Até que a morte nos separe. Eles sabem que não é bem assim.

Depois de um instante, a mulher apanha o garfo de Marina e lhe oferece um pedaço de melão.

— Que tal uma frutinha?

Marina concorda, e pega o garfo proferido e leva o melão à boca.

— Quer um pouco do cordeiro?

Quando Dmitri volta com seu prato, a mulher de rosa já está tentando convencer Marina a comer.

— Não é irônico? — comenta ela. — Eu tentando fazer você comer.

— Ela só está cansada. Tanta gente junta, isso a cansa.

— Papai, eu sei. Eu conheço a condição dela.

Dmitri abaixa a cabeça e franze os lábios. Seu peito infla e desce.

— Andrei, Naureen e eu conversamos ontem à noite.

Há um silêncio prolongado e a atenção de Marina se dispersa.

— Queria que tivesse me contado.

— Não queria que se preocupasse.

— Ela é minha mãe.

Dmitri assente como uma criança repreendida.

— Nem tocou na salada, mamãe. — Marina escuta uma voz em seu ouvido. — É tomate e muçarela. Você gosta tanto de tomate.

Ninguém menciona comida. É falta de educação se referir à fome do outro, pior ainda provocar a fome dos outros com lembranças de refeições consumidas no passado. Mas à noite ela sonha com banquetes. Nos sonhos, ela entra numa natureza-morta barroca, passando por corredores de mesas, algumas repletas de peixes inteiros e presuntos reluzentes, outras com carne de coelho e veado. A abundância é inebriante, e ela fica embriagada com a fragrância das maçãs. Há um painel de frutas e flores, tigelas de prata cheias de limões e uvas, e uma romã aberta ao meio exibindo uma colmeia de rubis. Taças transbordam de vinhos tinto e branco; elas reluzem com a condensação. Ao lado delas, pães e queijos estão cuidadosamente dispostos em pesadas toalhas brancas de linho. Para o pintor barroco e seus contemporâneos, cada um desses objetos era carregado de significado religioso. O vinho tinto e o pão simbolizam a Eucaristia, o corpo e o sangue de Cristo. A toalha de linho é o sudário de Cristo. O decantador de vidro é a Virgem Maria, tão pura que é atravessada pela luz. Laranjas são as frutas do Jardim, mas limões são o fruto amargo do pecado.

Seu olhar recai sobre um pêssego, tão maduro e redondo que ela quase pode sentir seu peso na mão. Marina não lembra o que o pêssego simboliza, mas quando vai pegá-lo, é impedida pela voz estrondosa do diretor Orbeli. Ele a adverte que aqueles são tesouros nacionais.

— Eles são a força vital do povo. Precisamos embalá-los em nossos corações e mentes até que sejam devolvidos em segurança.

Quando ela vira para trás, uma linda deusa num vestido branco fluido lhe oferece uma fatia de bolo. Ela se aproxima e beija o rosto de Marina.

— Não chore, vó — diz ela. — Hoje é um dia feliz.

Alguma coisa explode ao longe, um pequeno som de estouro como uma rolha de champanhe. Ela está despertando. Ela ouve uma movimentação na escuridão, algumas vozes murmurando, e então alguém na ponta oposta do abrigo acende uma vela. Há sussurros; uma bomba atingiu o museu. Seus olhos seguem a luz vacilante até que ela se apague no alto das escadas. A escuridão retorna.

De manhã, Viktor Alekseevich Krasnov está morto.

Há uma linha tão tênue entre os vivos e os mortos que a morte só é detectada quando Nadezhda traz seu chá e ele não levanta da cama. Quando Marina acorda, vê Nadezhda sentada no pallet com o corpo do marido sobre o colo.

— Ele se foi — diz ela sem emoção. Ela não chora, e não há expressão em seu rosto. O chá esfria no chão ao seu lado.

Marina se aproxima e senta ao lado dela, e elas observam o arqueólogo como se ele pudesse se mexer a qualquer momento, apesar de que naturalmente isso não vai acontecer. Ela se recorda momentaneamente da Pietà de Veronese, uma pintura italiana do século XVI que retrata o Cristo morto nos braços de Maria. Na luz vacilante da vela solitária, os sulcos em seu rosto estão imersos em sombras profundas, e a pele esticada sobre seu nariz e suas bochechas parece cera de abelha. Ela sempre presumira que o pintor italiano exagerou no *chiaroscuro* para aumentar o drama, os contrastes entre luz e sombra, tons quentes e frios, eram marcados demais, mas aqui estão eles.

É estranho ao que alguém consegue se acostumar. Agora, todo dia morrem pessoas ao seu redor, pessoas que ela conhecia. A princípio isso era motivo para lágrimas, mas parece que os seres humanos têm uma capacidade limitada de sofrimento. Agora, quando os habitantes do abrigo antibombas n° 3 acordam de manhã, algum deles terá falecido silenciosamente no meio da noite.

Elas devem reportar a morte, mas se não o fizerem, os cupons de ração de Viktor poderão ser partilhados entre eles durante o resto do mês. É nisso que Marina está pensando. Embora essa ideia a constranja, ela persiste: 250 gramas a mais de pão por dia, 125 gramas por cabeça pelos próximos 18 dias. Algumas pessoas que perdem entes queridos não têm sorte — a pessoa morre no final do mês e sua morte não traz benefício a ninguém.

— Ele foi um homem bom — diz ela a Nadezhda.

Nadezhda suspira sem emoção.

— Pelo menos as crianças não estão aqui para ver o pai desse jeito — responde ela.

Marina a deixa sozinha e vai até a padaria para buscar suas porções de pão. Ao voltar, duas horas mais tarde, Nadezhda parece não ter se mexido. Olga Markhaeva está sentada a seu lado, e Marina imagina que tenha sido graças a ela que o corpo de Viktor foi transportado para a ponta oposta do pallet. Um cobertor foi colocado até seu queixo e seus olhos foram fechados.

Olga sussurra para Marina:

— Eu não queria que ela ficasse sentada aqui sozinha. Você soube? Uma bomba explodiu a claraboia do Salão Espanhol ontem à noite. Quebraram todos os painéis de vidro.

Marina assente. As notícias correm rápido. Na fila da padaria, vários membros da equipe do Hermitage pediram a Marina para transmitir suas condolências a Nadezhda. Ela lembra do pão em seu bolso e sua fome onipresente emerge. Seria grosseiro se servir de pão sem oferecer um pouco a Olga.

— Por favor, fique, Olga Markhaeva. E coma. Temos a mais, agora. — Ela desembrulha as três fatias finas de pão úmido do papel.

Olga desvia o olhar rapidamente.

— Não, não — vacila ela, e dá um tapinha na barriga como se estivesse satisfeita. — Já comi. Além disso, preciso ir para ajudar na limpeza. É claro que estaria nevando. — Ela balança a cabeça cansadamente.

— É claro.

Durante todo o mês, fez frio demais para nevar. Ninguém lembra de um inverno como aquele, nem mesmo Anya. Menos 30. Menos 26. Menos 35. Mas agora, quando as janelas se despedaçam, esquenta o suficiente para nevar.

— Essas pessoas que creem em um deus, por que idolatrariam alguém que faz isso? — reclama Olga. — Bem, é melhor eu nem começar. Dor se alimenta de dor e usa a dor para machucar. Vou deixar vocês duas tomarem café da manhã. — Ela fica em pé e sai.

Marina retira seu pão do papel e passa as duas fatias remanescentes a Nadezhda, que divide cuidadosamente a porção de Viktor em metades iguais e devolve um pedaço a sobrinha.

Elas comem o pão em silêncio.

Marina já está planejando o que deve ser feito. Precisarão buscar água para preparar o corpo e encontrar algo com o qual enrolá-lo. Não há mais caixões. Até o carpinteiro do museu, que construiu centenas de caixões, foi enrolado num cobertor quando morreu na semana passada. Não há mais madeira para os mortos. Por ora, o melhor que podem fazer é levar Viktor para a sala abaixo da biblioteca que funciona como necrotério do Hermitage. De alguma maneira terão que carregá-lo.

Ao terminarem seus pães, Marina leva um balde para fora, para a margem em frente ao Neva. Ela desce com facilidade os degraus escorregadios até o rio e espera na fila para extrair água de um buraco feito no gelo. Cheio, o balde fica pesado demais para que ela o levante, e ela precisa derramar mais da metade de volta para conseguir carregá-lo. Alternando o peso entre um braço e o outro, ela atravessa a rua com dificuldade, passa pelo museu, e desce as escadas até o porão. Enquanto Marina estava fora, Nadezhda conseguiu despir o corpo de Viktor. A imagem de seu corpo definhado é horrorosa demais, horrivelmente íntima demais. Afastando o olhar, Marina a ajuda a levantar o corpo do tio e colocá-lo sobre um banco, e então derrama a agua gélida em seus membros enquanto sua tia o lava delicadamente.

Elas vestem Viktor em roupas limpas e o enfaixam com um lençol. Com pontos cuidadosos, Nadezhda costura e fecha o sudário. Depois de terem descansado, cada uma pega uma ponta do sudário e tentam carregar o corpo através do abrigo, mas logo fica evidente que será preciso arrastá-lo. Mesmo assim, precisam parar de vez em quando. Apesar de o cadáver não pesar quase nada para um homem adulto, é um pacote desajeitado, e elas se esforçam para puxá-lo até os últimos degraus da escada que leva para fora do abrigo. O lençol se agarra e rasga sobre a pedra áspera, e quando o corpo ameaça escorregar, precisam parar no meio do caminho para Marina amarrar com mais força a ponta que soltou.

Conforme elas passam pelos corredores do andar térreo, arrastando o corpo de Viktor, Marina marca sua passagem por vitrines de vidro vazias, pelos bronzes ausentes e urnas funerárias da antiga Urartu. A única evidência do trabalho da vida de Viktor Alekseevich Krasnov são sombras impressas no feltro das prateleiras. Ele nunca chegou a terminar seu livro, pensa ela. As páginas do manuscrito inacabado ainda estão sobre a escrivaninha, e mais tarde ela precisará decidir o que será feito com elas.

Aqui, sepultado numa vitrine de vidro, está o gêmeo de Viktor, mais um esqueleto dissecado, pele rachada como couro e ossos com uma extensão de linho cobrindo os quadris. A múmia do padre egípcio Petese, que foi deixada para trás durante a evacuação. Os vivos que ficaram para trás sofreram com a devastação de um inverno implacavelmente feroz, mas a múmia, em vez de exalar um pouco de sal, que é limpo regularmente, está exatamente como estava havia três mil anos.

Quando elas entram no mortuário, Marina tenta não reparar em todos os outros corpos enfaixados enfileirados na sala. Elas colocam o corpo de Viktor num canto. Nadezhda senta ao lado dos restos do marido e fecha os olhos.

— Venha — pede Marina, puxando levemente o casaco de sua tia. — Você tem que levantar. — Ela teme que Nadezhda simplesmente morra ao lado do marido. — Vamos sair amanhã e tentar encontrar um caixão. Vamos enterrá-lo ao lado de seu pai e mãe — promete. Ela tem poucas esperanças de conseguir. Mesmo se conseguissem, não há com que pagar um coveiro. Mas ela prometeria qualquer coisa nesse momento.

Nadezhda abre os olhos e eles focam lentamente o braço estendido de Marina.

— Não vou conseguir fazer isso sozinha — ameaça Marina.

Nadezhda concorda com a cabeça, seus olhos estão vazios e indiferentes, e ela estende a mão para ajudar Marina a se levantar.

Quando chegam à entrada de serviço e sentem o ar frio lá fora, estão respirando profundamente. Suas respirações produzem vaporosas baforadas. Nadezhda tosse e Marina escuta o chiado. Elas ficam em silêncio por um momento, olhando para a Praça do Palácio. É tarde de terça-feira, parou de nevar, e não há rastros recentes na praça inteira, nenhum som a não ser as batidas de martelo no telhado acima delas. Soldados vieram para tampar com tábuas a claraboia estilhaçada.

O sol já está se pondo e as nuvens estão tingidas de cor-de--rosa nas laterais.

— Quando eu me for, você precisa tentar me enterrar ao lado dele — pede Nadezhda.

Marina assente. Seria inútil argumentar que nenhuma das duas vai morrer. Elas já vagueiam pelos dias como fantasmas, um pé na frente do outro, fracas como vapor.

Ninguém chora mais. Se chora, é por coisas pequenas, momentos inconsequentes que as pegam desprevenidas. O que resta de devastador? Não a morte: a morte é comum. O que é devastador é a visão de uma única gaivota sobrevoando sem esforço um poste de rua. Suas asas se desenrolam como echarpes de seda contra o céu malva, e Marina escuta o farfalhar de suas penas. O que é devastador é que ainda existe beleza no mundo.

Helen acorda assustada com o som de alguém batendo à porta. Na escuridão desconhecida, ela tateia até encontrar o abajur e aperta o interruptor. O despertador na mesa de cabeceira marca 2h39. As batidas à porta são suaves mas persistentes, e então ela escuta a voz de seu pai.

— Elena? Elena?

Ela se esforça para sair de debaixo da coberta de algodão, cambaleia em volta da cama, e se atrapalha, ainda zonza, com a corrente da porta até conseguir abri-la.

Dmitri está parado do outro lado da porta, no corredor mal-iluminado. Um velho roupão de lã está aberto por cima de seu pijama fino. Tufos de cabelo branco brotam em ângulos rebeldes de sua cabeça, dando a ele a aparência de um lunático. Seus pés translúcidos, nodosos, estão descalços.

— Ela sumiu — diz ele.

— Sumiu? Como assim?

— Acordei e ela não estava lá. Pus a mala na frente da porta, mas ela a tirou do lugar.

— Ela não está no banheiro, papai?

— Não. — Seus dedos trêmulos remexem uma ponta solta da faixa do roupão. — Andei para cima e para baixo pelos

179

corredores e fui até o saguão. Ela sumiu. — Os olhos de Dmitri estão lacrimejando e Helen percebe mais uma vez como seu pai está frágil e idoso.

— Está tudo bem, papai. Tenho certeza de que ela está em algum lugar por aqui. — Sua voz transmite calma, a voz que tranquilizava seus filhos quando eles levavam um tombo feio da bicicleta ou do trepa-trepa. — Venha aqui, sente-se. — Ela tira algumas roupas de cima da poltrona. — Vou me vestir e procurá-la.

Seu pai olha sem expressão para a poltrona, mas não senta.

— Eu estava tão cansado. Geralmente a escuto.

Helen pega as roupas que está segurando e desaparece dentro do banheiro. Continua conversando lá de dentro enquanto se troca.

— Ela já fez isso antes?

— Ela levanta e perambula pela casa de madrugada às vezes. Mas lá ela está segura. Coloquei capas nas maçanetas para ela não poder abri-las.

Helen joga um pouco de água no rosto, passa um pente no cabelo, e sai do banheiro vestindo a calça e a camisa que usou no dia anterior. Ela calça um par de sandálias.

Dmitri está agitado demais para esperar em seu quarto, mesmo depois que Helen lhe explica que Marina pode voltar e seria melhor que ele estivesse lá. Então ela espera ele vestir uma calça e sapatos, e eles deixam a porta do quarto encostada só por precaução. Os dois verificam os corredores mais uma vez antes de descerem as escadas até o saguão. Apesar do que seu pai tinha dito, Helen de certa forma estava certa de que encontraria Marina sentada quieta numa das poltronas de espaldar alto. Ela não está lá, e não há nenhum gerente noturno de plantão a quem ela possa perguntar se uma senhora idosa passou por ali.

AS MADONAS DE LENINGRADO

Helen dá a volta no balcão da recepção e bate numa porta com a placa "Escritório". Está trancada. Outra porta, destrancada, se revela um estreito armário de suprimentos com esfregões e um aspirador e pacotes de papel higiênico.

Lá fora, uma lâmpada de sódio banha a rua Front de uma luz cor de pêssego. Helen sai em meio ao ar frio da noite e anda pela calçada alguns metros em uma direção e, em seguida, na outra, perscrutando vitrines escurecidas pelas sombras lançadas por seus toldos.

— Mamãe? — chama ela. O poste de luz está zumbindo e ela ouve o latido monótono de um cachorro em algum lugar ao longe, mas fora isso o único som é o estalo de suas sandálias na calçada. Então ela se dá conta de que sua mãe pode ter mesmo sumido.

— Alguma ideia de onde ela poderia ter ido?

Dmitri balança a cabeça sem dizer nada.

Ela vai até a esquina e procura na rua Spring, mas não vê nada além de uns poucos carros parados em diagonal na frente de lojas apagadas, e corre de volta da metade do quarteirão até a pousada.

— Vamos pegar o carro. Ela não pode ter ido muito longe, mas assim pode ser mais rápido. Espere aqui.

Helen usa a chave do quarto para destrancar a porta da frente da pousada e sobe as escadas sem fôlego. Durante todo o percurso ela pondera se deve chamar a polícia. Aliás, existe polícia nesta ilha? Ela não faz ideia, mas primeiro é melhor se certificar de que sua mãe realmente sumiu, ela decide.

Ela checa o quarto de seus pais mais uma vez, então pega sua bolsa e um suéter em seu próprio quarto, e volta para baixo. Seu pai está esperando exatamente onde ela o deixou, um velhinho de camisa de pijama e calça desabotoada, os ombros caídos sob o peso de sua miséria. Ela pega a mão dele e diz suavemente:

— Vai ficar tudo bem, papai.

Eles dão a volta até o pequeno estacionamento ao lado da pousada e entram no carro alugado. Helen dá partida e desliga o ruído estático do rádio antes de passarem sobre o cascalho e adentrarem a rua deserta. Não tem ninguém na rua a essa hora; a cidade dorme sob um cobertor de estrelas brilhando forte. Ela abre a janela e chama baixinho o nome de sua mãe conforme vão descendo a rua. Eles passam por uma sorveteria apagada e por uma variedade de lojas de roupa, suvenir e antiguidade. Ela para na frente da rampa da balsa e espreita a baía negra. A ideia de que sua mãe poder ter vagado na direção da água a perturba, mas ela põe aquela possibilidade de lado.

Passando pelas docas, as lojas de suvenir começam a se esvair, intercaladas por alojamentos, uma lanchonete com as cadeiras de ponta-cabeça em cima das mesas, uma imobiliária, um restaurante Coast to Coast, e um posto de gasolina com as bombas de autoatendimento iluminadas por um duro clarão fluorescente. Conforme a rua começa a subir numa ladeira, há casas mais afastadas da estrada, chalés de telha ornamentados por sebes e jardins bem cuidados, outros mais modernos e perfunctórios. Ela examina os jardins escuros, os halos projetados por luzes das varandas, em busca de movimento. Ao lado dela, Dmitri está espremido contra o cinto de segurança, com os olhos fixos para fora da janela do carona nas casas da direita.

Então eles saem da cidade, e os faróis do carro estão varrendo sob as árvores densas, encontrando apenas uma placa de trânsito ocasional ou um atalho de cascalho.

— Acho que ela não teria vindo tão longe — comenta Helen.

— Acho que não — concorda ele, recostando-se de volta no assento.

— Tá tudo bem, papai. Ela provavelmente está apenas em algum lugar bem em volta da pousada. Ela pode até já ter voltado para a cama a essa hora. — Helen quer confortar seu pai, mas ela mesma não está convencida. Considerando o que observou nos dois últimos dias, ela duvida que sua mãe lembre o número do quarto, quanto mais que encontre o caminho de volta para a pousada numa cidade estranha. Ela tem lampejos de histórias dos noticiários sobre idosos confusos perambulando para longe de suas casas e até desaparecendo para sempre.

Ela vira num ponto amplo da estrada, e eles dão meia-volta para retornar à cidade. A cada esquina, ela prende a respiração até que possa enxergar longe o suficiente para saber que sua mãe não está nesta quadra também. Helen entra numa rua transversal e eles avançam lentamente para a outra ponta da cidade.

— Por que não me contou sobre isso? Sobre mamãe? — Helen tenta não parecer repreensiva.

Dmitri fica encarando além do para-brisa, piscando e mexendo os lábios. Eles passam por uma livraria, uma agência dos correios, um mercado. Ela examina as calçadas vazias e olha de volta para seu pai. Uma lágrima escorre por seu rosto.

— Sinto muito, papai. Não estou criticando.

— Nós sempre cuidamos um do outro. — Sua voz está embargada.

— O que diz a dra. Rich? Você ao menos conversou com ela a respeito?

— Eles fizeram alguns testes. Mas não há muito a ser feito.

Helen se enrijece.

— É Alzheimer?

Dmitri confirma com a cabeça.

Ele está piscando furiosamente agora e mordendo com força o lábio inferior.

Helen encosta o carro no meio-fio e desliga o motor. O silêncio inunda o interior do carro. Ela pega a mão sardenta de seu pai e a aperta suavemente. O ar parece escapá-lo; lágrimas se acumulam nas dobras sob seus olhos e se derramam por suas bochechas.

— Não sei o que fazer — admite ele. — Ela está piorando. Não consegue mais tomar banho. Só fica parada embaixo d'água e esquece de se ensaboar. Tenho medo de deixá-la sozinha, mesmo que só por alguns minutos. Na semana passada, ela pôs ameixas na máquina de secar quando eu não estava olhando. Nossas roupas íntimas saíram com manchas cor-de-rosa, e encontrei os caroços no fundo do tambor.

— Já contou isso a Andrei?

Dmitri balança a cabeça negativamente.

— Eu prometi a ela que não a colocaria num asilo. Você sabe como ele é... tem tanta certeza de tudo.

— Eu sei, mas ele só quer fazer o que é melhor. Olha, vamos nos preocupar com isso mais tarde. Mas eu vou ligar para ele. — Ela remexe dentro da bolsa em busca do celular. — Acho que precisamos de ajuda agora. — Ela encontra o aparelho, mas não consegue localizar o pedaço de papel com os números do irmão anotados. Ela esvazia o conteúdo da bolsa no colo e apanha recibos e lenços de papel amassados e embalagens de batom.

— Você sabe o número do celular dele?

— Dois, quatro, seis — entona Dmitri. — Seis, três, sete... vinte e quatro, sete. Vinte e quatro. Vinte e quatro, alguma coisa.

Enquanto ela liga para o serviço de informações, ela coloca o motor para funcionar de novo e eles continuam a descer a rua. A telefonista lhe informa que números de telefones celulares não são listados, e que a pedido do cliente o número residencial também não. Ela tenta explicar que se trata de uma emergência, mas a mulher não se comove e sugere ligar para a polícia caso seja realmente uma emergência.

O céu noturno está desvanecendo imperceptivelmente em cinza no horizonte. Helen desliga o telefone e pensa por um longo instante antes de ligar para informações outra vez e pedir o número da polícia local.

A voz que atende o telefone está marcada pelo sono.

— É da polícia?

— Xerife do condado da ilha, senhora. Delegado Kremer.

Helen escuta sua voz abafada dizendo a alguém para voltar para a cama. Ela se desculpa pelo incômodo e explica que sua mãe sumiu.

— Há quanto tempo sua mãe está desaparecida?

Helen olha o relógio. São quase quatro da manhã.

— Pelo menos umas duas horas. Meu pai acordou e ela não estava mais lá.

— Tem certeza de que ela está desaparecida? Ela não poderia ter simplesmente saído por algum motivo?

— Ela tem 82 anos e não tem aonde ir no meio da noite. — Helen tenta disfarçar a impaciência em sua voz. — Estamos de passagem pela cidade. Tivemos um casamento. Meu irmão, Andrei Buriakov, tem uma casa aqui.

— Buriakov? — Se o nome significa alguma coisa para o delegado, ele não demonstra.

— Dirigimos pela cidade toda e estou com um pouco de receio de ter acontecido alguma coisa. Ela está com problemas de memória. Alzheimer.

Há uma pausa, e quando ele volta a falar, sua voz adquiriu um tom diferente, uniforme e profissional.

— De onde está ligando, senhora?

— Estou no carro. — Eles saíram da cidade novamente, e estão numa estrada que parece apontar na direção geral da casa de Andrei, embora Helen não se recorde do que parece uma fazenda logo à frente. — Talvez a um quilômetro e meio da cidade — estima ela. — Eu não conheço a estrada.

— E onde sua mãe foi vista pela última vez?

Ele faz mais algumas perguntas, e anota todas as informações: seu nome, onde estão hospedados, o nome de seu irmão, e uma descrição detalhada de sua mãe. Ele faz uma pausa antes de perguntar:

— Alguma chance de ela ter pego a balsa das dez horas?

Eles ficaram na casa de Andrei ontem à noite só pelo tempo suficiente para assistirem aos noivos partindo para a lua de mel. Katie ficara em pé na boia do hidroavião e atirara seu buquê para trás na direção de um aglomerado de jovens que congestionava o cais. Então o piloto ajudou o casal a entrar e eles partiram pela baía trovejando ruidosamente sob o céu de verão. Depois daquilo, a recepção virou uma festa, e Helen e seus pais pediram licença. No hotel, seus pais foram se deitar imediatamente, exaustos pelas festividades do dia, mas Helen ainda estava acordada lendo às dez. Ela se lembra de ter ficado maravilhada porque só então estava começando a escurecer.

— Eu acho que a teria escutado. Além disso, acho que ela ainda está de camisola. Será que ninguém a pararia no caminho?

— Difícil dizer. Que tal encontrarmos vocês em frente ao Arbutus? Podemos demorar alguns minutos para chegar lá.

Quando desliga o telefone, Helen conta a Dmitri que o delegado vai encontrá-los, e eles retornam e dão uma última volta pela cidade, pela loja de ferramentas, pela lanchonete Bumblebee com uma placa que diz "Fechado, Volte Sempre!" e pela pousada Kingfisher. Alguns carros fizeram uma fila ao longo da estrada para pegar a balsa. A água vítrea do porto espelha um escuro céu cinza, pesado de neblina. Uma gaivota voa baixo sobre a água e pousa numa boia, perturbando outra gaivota num turbilhão de uivos. Ela observa os pássaros, agora aborrecidamente ciente de sua exaustão e de um frio pegajoso.

Muitos dos cômodos não têm nome, apenas um número. Olhem em volta. O vidro das janelas foi estilhaçado por uma explosão, e as janelas foram tampadas por tábuas, então está bem escuro. Mas talvez possam identificar nas paredes as molduras sem quadros, como órbitas oculares vazias. Eis aqui uma pilha de areia com uma pá encravada no alto. O que mais? Nada. Apenas molduras. Nada.

Voltem. Voltem uma sala ou duas até que algo pareça familiar e recomecem. Há mais de quatrocentas salas, mas todas estão praticamente vazias.

O frio penetra o algodão fino de sua camisola. Ela aperta o tecido delgado em volta das pernas e abraça o próprio peito, tentando se aquecer. Alguém roubou suas roupas, sua jaqueta acolchoada, botas e luvas, embora ela não se recorde quando.

Se ela adormecer, vai congelar. Isso ela sabe. Mas onde ela está e como chegou aqui é um mistério. Hoje, ontem, mesmo uma hora atrás, são um espaço em branco. Ela está suspensa no momento presente e se sentindo estranhamente efêmera, como se à deriva em um mar aberto.

Ao seu redor há formas escuras, finas como membros do corpo, braços esqueléticos e pernas balançando, dançando na escuridão. O terror ameaça tragá-la, mas aí o frio a puxa de volta e disciplina seus pensamentos.

Ela está com frio. Com frio e com fome. Isso é familiar.

Também há um aroma que é familiar, apesar de ela não conseguir identificá-lo, alguma coisa terrosa.

Está escuro. É de noite.

E ela está com frio. Ela não pode adormecer. Se adormecer, vai congelar.

Nas noites em que não há lua, Leningrado desaparece. De seu posto na torre de vigilância, a beira do telhado do Hermitage é meramente uma teoria. A cidade moribunda além dela não emite luz. Como um negativo fotográfico, o que deveria ser sólido é percebido como uma ausência, aqui uma sombra em forma de domo entrecortando o painel cintilante de estrelas, ali adiante dois pináculos pretos espetando o céu. As únicas luzes são fracas como as estrelas, mas mais próximas, apenas luzinhas amarelas que circundam os limites da cidade imaginada, as fogueiras dos inimigos no front.

É a ideia de uma cidade, a ideia de um mundo sugerido pela moldura dourada que a cerca.

Ela se sente completamente só no universo, suspensa entre os céus cheios de estrelas e um vazio negro abaixo. As estrelas não são um conforto. É a solidão dos pastores, insuportavelmente solitária.

Nadezhda morreu exatamente um mês após Viktor. Um romântico poderia dizer que foi pelo coração partido, mas aquele era um sentimento para outros tempos. Ela perdeu a vontade de viver, uma coisa diferente.

Poderia ter sobrevivido, mas não tomou nenhuma providência para se salvar. Depois da morte de Viktor, ela nem saía mais do abrigo. Os outros habitantes do abrigo antibombas nº. 3 estavam começando a se deslocar para o andar superior, deixando para trás as trevas e a umidade que se tornaram ainda mais opressoras do que as bombas acima de suas cabeças. Alguns voltaram para casa, outros montaram seus catres na sala de aula, mas ninguém conseguiu convencer Nadezhda a se juntar a eles. Marina tentou persuadi-la a voltar para o antigo apartamento, mas ela não suportava a ideia de estar lá sem sua família.

Então o que, Marina se pergunta agora, a fizera achar que sua tia assumiria uma jornada mais arriscada sozinha?

AS MADONAS DE LENINGRADO

Em janeiro, uma estrada foi aberta sobre o lago Ladoga congelado. Chamada de Estrada da Vida, era uma brecha estreita no bloqueio pela qual a cidade começou a evacuar cidadãos não essenciais e a absorver os suprimentos mais críticos do "continente", a Rússia livre. Quando o primeiro caminhão atravessou o rio e entrou em Leningrado, os sinos da igreja soaram para recebê-lo.

Assim que a estrada entrou em operação, o diretor Orbeli recebeu ordens de Moscou para reduzir a equipe do Hermitage. Um a um, ele começou a chamar os funcionários a seu escritório. Quando chegou a vez de Marina, ela esperou no saguão na frente da porta fechada.

Ainda que não soubesse o intuito daquela reunião, já teria ficado nervosa só de pensar em ficar sozinha na presença dele. Ela jamais falara em particular com o diretor além de retribuir com docilidade os cumprimentos dele quando se cruzavam ocasionalmente em suas respectivas rondas pelas galerias. Com sua longa barba branca e as lendas sobre seus acessos de raiva imprevisíveis, ele era como o Deus do Velho Testamento, e a hipótese de desagradá-lo fazia as mãos de Marina tremerem incontrolavelmente.

A porta se abriu e uma funcionária saiu, a compostura dela se desmoronou assim que ela passou pelo batente da porta. Uma voz lá de dentro mandou Marina entrar. Sentado atrás de sua mesa, Orbeli não parecia nem austero nem acolhedor, apenas muito cansado. Ele fez um gesto para que ela sentasse na cadeira à sua frente. Então, num discurso que ele claramente já tinha repetido muitas vezes ao longo do dia, disse a Marina que seus préstimos heroicos ao museu durante o inverno não passaram despercebidos. O povo da União Soviética era grato

191

a ela. Agora, no entanto, ele precisava pedir a ela um último serviço. O museu estava para ser desativado, e apenas algumas dúzias de funcionários seriam necessários para completar aquele trabalho. O resto seria evacuado da cidade para facilitar os esforços da defesa. Ele estaria à espera de cartas de demissão em sua mesa.

— Por favor, não me mande embora. — A voz dela saiu tão pequena que ela não tinha certeza de que ele a ouvira. Ele continuou a encará-la com seus olhos beligerantes, mas sua expressão não mudou. Pelo menos perguntou:

— Posso saber por quê?

Como ela poderia explicar? Sem ela aqui para manter viva a memória de sua arte nas paredes, o museu seria apenas mais uma casca decadente. Aquela não era uma ideia que ela pudesse exprimir em voz alta.

— Meu trabalho é imprescindível aqui — ela finalmente gaguejou.

— Eu mesmo irei embora ao final do mês. Você se considera mais necessária ao Hermitage do que seu diretor?

Ela corou, e seu olhar despencou no chão. Ela esperou, quase acreditando que seria incinerada até virar um monte de cinzas no carpete.

— É você que tenho visto rondando pela galeria de quadros?

— Sim, Iosef Abgarovitch.

— A sobrinha de Viktor Alekseevich.

— Sim.

— Ele também era teimoso.

— Sim.

Depois de um longo momento, ele disse:

— Bem, então vá.

AS MADONAS DE LENINGRADO

Por mais que Marina não pudesse se imaginar deixando o Hermitage, ela não vira nenhum motivo para que Nadezhda ficasse, e formulou um plano para sua tia se juntar ao êxodo de funcionários. Suas motivações eram egoístas. Ela estava exaurida pela energia que lhe tomava ter que suportar o luto insistente da tia, exaurida de ter que subir as escadas do abrigo abandonado todos os dias. Queria se mudar para a sala de aula, onde entrava luz por uma janela sem tábuas. Acima de tudo, queria se ver livre dos fantasmas dos mortos e de suas últimas obrigações remanescentes com os vivos.

No entanto, quando abordou o assunto com Nadezhda, sua tia relutou.

— Você não vai?

— O diretor Orbeli me pediu para ficar — mentiu Marina. — Precisam de mim aqui.

— Não sou forte o suficiente para embarcar nessa jornada sozinha.

— Não estará sozinha. A maioria dos funcionários também estará evacuando.

Nadezhda pegou sua mão e a apertou numa demonstração que poderia ser ternura, mas provavelmente era só medo.

— Vou ficar aqui com você.

Marina reprimiu sua irritação e afagou a mão da tia. Pediu que ela pensasse em Tanya e Misha. Eles poderiam muito bem estar em algum lugar no continente, esperando por ela. Quando Marina pronunciou seus nomes em voz alta, no entanto, os olhos de Nadezhda permaneceram como duas pedras.

— Além disso — continuou Marina, mudando de tática —, aqui está consumindo recursos valiosos. Você tem uma tarefa. — Eram mais ou menos as mesmas palavras que ela ouvira de

Orbeli naquela manhã, mas em sua voz não soaram magistrais, mas duras e impacientes.

— Não vou consumi-los por muito mais tempo — respondera Nadezhda.

Ela cumpriu com sua palavra. Depois da conversa, Nadezhda se deteriorou rapidamente. Quando Marina voltava ao abrigo ao final de seus turnos noturnos, acendia uma vela e, sob o pequenino feixe de luz, encontrava sua tia exatamente como a deixara, enterrada debaixo de uma montanha de cobertores em seu catre. Os olhos de Nadezhda se abriam numa piscadela e ela respondia aos cumprimentos de Marina. Mas ela não se movimentava para levantar nem mesmo para comer. Outrora, o único assunto que captava seu interesse era comida, mas ela não falava mais nisso. Mastigava seu pão mecanicamente ao recebê-lo, mas não o saboreava. Alegava que não sentia mais nenhuma fome. Sua aparência começou a mudar e seu rosto adquiriu uma expressão esquisita de concentração, como se estivesse tentando se lembrar de alguma coisa. Marina reconheceu os sintomas.

Quando já estava ausente demais para se opor, Nadezhda foi finalmente carregada para o andar superior até o recém-aberto centro de convalescência. Deram-lhe glicose, mas àquela altura era tarde demais. Ao longo da última semana, ela parou de comer completamente. Tinha uma sede terrível e pedia às enfermeiras, numa voz arranhada, algo azedo para beber. A enfermeira de plantão aconselhou que não era recomendado, mas Marina não suportava ver a agonia da tia. Trouxe a ela uma xícara de vinagre, levou colheradas à sua boca, e a assistiu vomitar imediatamente tudo de volta. No dia seguinte, estava morta.

Assim como haviam feito quando seu tio morreu, Marina preparou o corpo, e ela e Liliia Pavlova o arrastaram de volta

AS MADONAS DE LENINGRADO

para o mortuário do subsolo. No intervalo de quatro semanas, muitos corpos se aglomeraram em montes congelados no chão de pedra. Ela encontrou o cadáver do tio ao identificar o lençol no qual o havia para enrolado, e deitou a tia ao lado de seu marido. No dia seguinte, levou suas coisas para a sala de aula no andar superior. Então foi ao cartório e ficou na fila para entregar os documentos de Nadezhda. Ninguém na longa fila estava chorando ou demonstrando qualquer sinal de emoção. Era como se estivessem esperando na fila do pão.

Inicialmente Marina também não sentiu nada, exceto alívio talvez, mas aquilo passou rapidamente. Ela não previra como seria difícil ficar sozinha. Agora, ela se culpa por ter adiantado a morte da tia. Aqui, em Leningrado, a influência dos mortos era muito forte, mas certamente Nadezhda teria evacuado se Marina tivesse concordado em ir também. Em vez disso, Marina insistira em permanecer no Hermitage e, ao fazê-lo, sentenciou a própria tia a morrer lá.

E pelo quê? Tudo que importava para ela havia desaparecido. Durante um período após a morte de Nadezhda, ela continuou a caminhar pelas galerias. Mas a fome ralentava a sua mente. Quando tentava recitar seu palácio de memória, os pensamentos pareciam se arrastar em meio à lama, as palavras escapavam, frases inteiras se perdiam no lamaçal. As próprias pinturas pareciam estar se desintegrando, atravessadas por luz e sombra como folhas devoradas por insetos até parecerem renda. Ela estava falando e, de repente, se dava conta de que não conseguia de fato visualizar o que estava descrevendo. Ela podia fechar os olhos e se concentrar, mas *O Tocador de Alaúde*, de Caravaggio, era apenas a ideia de um tocador de alaúde, não uma imagem.

195

Agora ela não tem mais forças para despender em passeios desnecessários pelo museu. As disciplinas do trabalho, as urgências do corpo, e o tique-taque métrico de uma refeição a outra absorvem a pouca energia que lhe resta. Ela precisa confiar completamente em sua memória e, célula por célula, pode sentir essas lembranças se esvaindo. Mesmo quando consegue reconstruir uma imagem, não é nada mais que pigmento numa tela, sem qualquer sensação ou significado. A *Madona Benois*, a *Madona com Perdizes*, são todas apenas imagens, nada mais, uma fábula concebida para acalmar as massas em conformidade. O fato de ter um dia rezado para as pinturas — não exatamente para as pinturas em si, mas os lugares nas paredes nos quais elas um dia estiveram penduradas — parece inconcebível e ridículo. Ela parou de rogar por milagres; na verdade, mal pode imaginar o que mais há para se desejar.

Ela tem frio. Se adormecer, vai congelar.

Ela sente o chamado da morte. Que alívio seria relaxar até não sentir mais nada. Acompanhar a longa fila de almas — tia Nadezhda e tio Viktor, seus pais, seu amado Dima — a multidão que já abandonou a cidade por outros domínios. Ela poderia simplesmente pegar no sono aqui no teto e ter partido em menos de uma hora.

Ao longe, ela escuta o zumbido de aviões se avizinhando. Ela não sente mais medo da aproximação deles; os incessantes ataques aéreos anestesiaram seu medo e adquiriram a qualidade monótona de outras rotinas diárias: ficar em filas, comer, dormir.

Quando o avião principal, um Heinkel mais leve, solta um cordão de paraquedas de sinalização, ela observa os vaga-lumes de luz cor-de-rosa flutuando, caindo lentamente como um balé de fadas surreal. Sombras da cidade saltam e dançam à sua

AS MADONAS DE LENINGRADO

luz. Um cantinho de sua mente reconhece que o que ela está vendo é estranhamente belo, mas que é uma ideia abstrata, uma lembrança da beleza, e aquilo não a toca.

Marina está fitando, uma observadora desapaixonada, alguém já longe dali, quando sente algo se mexendo dentro dela. Ela põe a mão num ponto logo abaixo de suas costelas e a move lentamente sobre sua barriga. Apertando um ponto, depois outro, ela examina seu abdome como se estivesse em busca de um ferimento. Depois de um ou dois minutos, há um solavanco sob sua palma em resposta. Ela se assusta e aperta novamente e sente o caroço nadar para longe de sua mão.

Há alguém aqui com ela, não Zeus, mas uma presença invisível ainda assim, uma pequena vida tentando entrar aos chutes neste mundo.

A procura aumenta exponencialmente durante todo o dia, transformando-se rapidamente de um incidente particular a um drama público em larga escala. Um posto de comando é estabelecido na escola secundária, e conforme voluntários chegam ao refeitório, são divididos em grupos e é designado um líder e uma parte da ilha na qual procurar.

A família parece estar isolada por um cordão de segurança da multidão unida pelo infortúnio. Embora as pessoas lancem olhares de empatia na direção dela, a barreira só é cruzada por policiais. Mike Lundgren, o bombeiro encarregado de dar apoio à família, chega à comprida mesa do refeitório onde eles estão reunidos, levando uma bandeja de papelão com cafés equilibrados sobre uma grande caixa de salgados.

— Vocês querem café e pão? — oferece ele.

O olhar mortiço de Dmitri está fixo em algum lugar dentro dele, e ele não responde, mas Naureen agradece a Mike. Ela serve uma xícara de café para Dmitri, abre um copo de creme, sacode um pacote de açúcar e os coloca na frente dele. Então escolhe um muffin para ele e um guardanapo, e pede a ele que coma um pouco. Ele encara o café e o muffin como se não registrasse o que eles são.

AS MADONAS DE LENINGRADO

Mike examina uma prancheta.

— Só tenho mais algumas perguntas. Senhor? — Ele espera que Dmitri reconheça sua presença. — Só mais algumas. Nenhum problema cardíaco, nem diabetes ou hipoglicemia, certo? Medicamentos. Quais medicamentos sua esposa toma?

Helen o interrompe:

— Já falamos tudo isso para o delegado.

— Sim, sinto muito por isso, mas preciso me certificar de que está tudo certo no relatório. Senhor?

Dmitri olha para cima, seus olhos estão cansados, e Mike repete a pergunta duas vezes até Dmitri assentir. Ele recita uma lista de remédios, que Helen desconhece, e quando Mike para de escrever, Dmitri os repete mais lentamente.

Enquanto Mike anota os nomes, outro bombeiro se aproxima e fica em pé esperando.

— Com licença. — Os dois se afastam alguns passos e debatem em voz baixa.

O coração de Helen tem espasmos. Quando Mike retorna a seu assento, ela indaga:

— O que foi? Encontraram minha mãe?

— Não, senhora. Ele só estava me dizendo que terminaram de organizar os primeiros grupos e que estão se preparando para sair.

Dmitri levanta e tenta escapar de entre o banco e a mesa.

— Eu vou com eles.

— Já temos voluntários o bastante, senhor.

— Vou procurar por ela — diz ele.

Ele olha para Dmitri com ceticismo.

— Não sei se é uma boa ideia. Que tal colocarmos sua filha e seu filho com o grupo, e o senhor ficar aqui, onde poderemos mantê-lo informado a respeito da busca?

199

Dmitri não se apazigua. Ele continua pé, esperando Helen deslizar pelo banco e deixá-lo sair. Em vez disso, ela põe o braço em volta dele e o convence a se sentar novamente.

— Você ouviu o que Mike falou. Eles vão encontrá-la, e ela vai ficar bem. Mas você não vai ajudá-la se desgastando ainda mais.

Ele só se convence a permanecer no posto de comando quando Helen concorda em ficar com ele, e Andrei e Naureen prometem telefonar constantemente para dar notícias.

Durante toda a manhã e o começo da tarde, pessoas continuam indo e vindo, preenchendo longos formulários ou pegando uma garrafa d'água antes de saírem novamente em busca de Marina, com os celulares no ouvido.

No limite do combate, Mike Lundgren abriu um par de cadeiras de lona para Helen e seu pai, mas Dmitri parece determinado a provar que está apto fisicamente para se juntar às buscas. Ele levanta periodicamente e perambula pelo refeitório, se oferecendo para ajudar voluntários a descarregar doações: caixotes de garrafas d'água e refrigerante, caixas de sanduíches e batatas chips e frutas secas, até protetor solar e repelente. Ele absorve cada rumor ou pedacinho de notícia conforme eles chegam e os relata de volta para Helen. Sua última missão foi acompanhar a chegada de cerca de uma dúzia de tipos militares notavelmente vestidos com bonés e coletes laranja e mochilas de vinte quilos, que avançaram pelo pátio do lado de fora da janela há cerca de meia hora. Ao voltar, é escoltado por Mike Lundgren.

— São uma unidade de busca e resgate profissional — conta Dmitri a Helen. — Chegaram na balsa do meio-dia.

— Eu estive pensando: por acaso você teria a chave do quarto de seu pai? — pergunta Mike a ela.

AS MADONAS DE LENINGRADO

Helen pega sua bolsa e começa a remexer dentro dela.

— Os cachorros precisam de alguma coisa que tenha o cheiro dela — explica Dmitri, apontando para um bando de cães de caça se espremendo animadamente perto da porta. — Eles dão a eles alguma coisa com o cheiro dela, e os cachorros a encontram.

Helen acha a chave de seu próprio quarto, mas não a dos pais. Ela não se recorda se chegou a pegá-la ou se deixou a porta destrancada. Seu cérebro parece confuso naquele momento.

— Não importa — diz Mike. — Podemos pegar uma na recepção. Sr. Buriakov, tem certeza de que não consigo convencê-lo a voltar para o seu quarto e descansar um pouco? Está parecendo um pouco trêmulo.

Mike provavelmente gostaria de tirar Dmitri do caminho, mas também é verdade que Dmitri parece ainda mais desgrenhado que nesta manhã, se é que isso é possível. Ele ainda está com a camisa de pijama sob um casaco corta-vento, e seu rosto está alarmantemente pálido.

— Estou bem aqui — responde Dmitri, sentando para mostrar sua resolução.

— Mas talvez sua filha queira espairecer. — Mike olha diretamente para Helen ao falar, apelando sua ajuda.

— Na verdade, parece que é uma boa ideia, papai. — Dmitri pode não estar mais nem aí, mas ela de repente se sente desconfortável com a própria aparência... aquelas vítimas que se vê nos noticiários da noite, que foram despejadas da cama por um desastre, um tornado, ou incêndio ou sangue. Envergonhada, ela passa a língua sobre os dentes sujos.

— Eu devia ficar aqui — insiste Dmitri —, mas você pode ir, Elena. Ela pode ajudar a escolher algum pertence de Marina para os cachorros.

Mike, derrotado, disfarça um sorriso. Ele pensa por um instante.

— Bom, que tal assim? Há um sofá na sala do diretor da escola. Poderia ao menos deitar ali um pouco?

Dmitri concorda, mas só depois de lhe prometerem que ele será informado caso qualquer coisa, qualquer coisa mesmo, aconteça. Mike acena para um voluntário.

— Pode encontrar alguém para abrir a porta da sala de Ginger Cantor para o sr. Buriakov? Ele gostaria de deitar um pouco.

Ele se volta para Helen e oferece o braço como se a tirasse para dançar.

— Senhora?

— Por favor. Helen.

— Helen.

— Você sabe, não precisa ir comigo — protesta ela, estupidamente abalada.

— Fico feliz em fazê-lo — diz ele, e parece genuinamente sincero.

Na cabine da caminhonete de Mike, Helen se sente segura, fora do alcance dos ouvidos do pai pela primeira vez naquele dia. Ela pergunta a Mike sobre os cães.

— É tão sério assim? Quero dizer, eles parecem tão ameaçadores.

Mike assente, mas não responde imediatamente.

— Geralmente, recebemos um chamado como este, e a pessoa desaparecida é rapidamente encontrada, sem danos. — Ele estuda a estrada como se pudesse encontrar o restante de suas palavras no asfalto. Helen notou que ele parece ponderar tudo o que diz, e se pergunta se essa seria sua típica conduta ou se é um cuidado especialmente adaptado para a situação. — Quando leva mais de uma hora mais ou menos, é preciso tomar todas as precauções.

— Isso acontece com frequência?

— Acontece. Temos um sujeito que foge a cada dois meses. Ele costumava correr, então é bem fácil encontrá-lo. Geralmente se limita às estradas.

Mike vira a caminhonete na faixa de emergência em frente ao Arbutus e desliga o motor.

— Mas eu ainda não me preocuparia demais — informa ele. — Alguns se escondem feito crianças. No ano passado, nós procuramos por essa senhora durante quase oito horas e acabamos a encontrando no subsolo de sua própria casa. Estava espremida num vão atrás de uns arbustos.

Ela já ouviu essa história, o delegado contou. Helen faz um cálculo rápido. Marina já está desaparecida há mais de oito horas. Ela imagina se há outras histórias, histórias sem um final feliz.

Lá em cima, eles apanham uma camisa limpa para Dmitri e um par de meias de Marina, que Mike coloca numa embalagem de provas. Ele avisa que vai voltar para buscá-la mais tarde, caso queira descansar ou tomar um banho. Eles estão em pé no corredor entre os dois quartos, e Helen olha para a porta do próprio quarto.

— Acho que não consigo dormir — decide ela. Ela está tremendo e agitada por tantas xícaras de café, mas para falar a verdade, a ideia de ficar sozinha com seus próprios pensamentos é perturbadora demais. — Mas você pode esperar só um ou dois minutos, só o suficiente para eu escovar os dentes? Não quero atrasar as coisas. — Ela aponta para o saco de provas.

— Faça o que tiver que fazer — responde ele, e se apoia na parede. Seus olhos são calmos e calorosos. — Estarei aqui.

DEBRA DEAN

Um fluxo de gratidão quase a faz desmoronar, e ela logo vira de costas e se atrapalha com a chave da porta. Lá dentro, escova os dentes e lava o rosto apressadamente. Ajeita o cabelo, aplica um pouco de corretivo sob os olhos, e evita inspecionar demais seu reflexo. Ela se repreende por sua vaidade ridícula. Não é como se ele estivesse esperando para levá-la para sair.

Quando eles chegam de volta à escola, a equipe de busca e resgate já partiu, e Mike precisa levar o saco de provas até eles. Ele explica a Helen onde fica o escritório do diretor, atravessando o pátio, e promete ligar regularmente e mantê-los informados.

Dmitri está deitado num sofá, mas quando ela enfia a cabeça dentro da sala, seus olhos se abrem de repente como os de um boneco de porcelana.

— O que foi? Encontraram ela?

— Só estivemos fora por alguns minutos, papai. Estava dormindo?

Ele balança a cabeça e se senta.

— Onde ela pode ter ido, Elena? — Ele já fez essa pergunta ou alguma variação dela pelo menos vinte vezes hoje.

— Não sei, papai.

— Não é uma ilha tão grande.

— Mike disse que às vezes eles se escondem.

Ela se acomoda numa poltrona funda com assento de mola e folheia distraidamente uma cópia velha e amassada de uma revista *Smithsonian*. Ela conta a Dmitri sobre uma harmônica de vidro inventada por Benjamin Franklin. Lê um artigo em voz alta para ele sobre a grande garça-azul. Ele pergunta mais uma vez por que estão demorando tanto para encontrar Marina. Ela repete as mais otimistas teorias que ele já ouviu, que ela pode ter encontrado um lugar quentinho no qual se encolher e dormir

AS MADONAS DE LENINGRADO

— um armário de ferramentas, um carro destrancado. Há casas de veraneio vazias por toda a ilha, mesmo na alta temporada. De vez em quando, Helen se levanta e dá mais uma caminhada pelo pátio lá fora.

Assim, a tarde quente vai passando até virar noite. Como prometido, Mike volta a cada hora mais ou menos para dar notícias, embora não haja nada para contar. Ele traz oferendas ou café, sanduíches, sacos de batata chips, frutas e doces, todos os quais Helen põe de lado, mas acaba comendo. É assim que ela marca a lenta passagem do tempo, em incrementos de uma hora, cada hora separada em unidades menores de salgadinhos ou uvas ou barras de chocolate. Andrei liga duas vezes para saber como eles estão, e Helen afirma que estão bem. Mais tarde, o jantar é servido no refeitório, bandejas de lasanha e tigelas de salada de feijão e de repolho, doadas pelas mulheres da Igreja Presbiteriana.

Finalmente a luz do dia escoa do céu lá fora. A princípio parecia inconcebível Marina pudesse simplesmente desaparecer, e mesmo que Helen estivesse preocupada, em algum nível ela achava que suas inquietações fossem infundadas. A qualquer momento sua mãe surgiria, confusa mas ilesa. Mas a cada hora que passa, esse desfecho parece cada vez mais remoto, e agora, com a chegada da noite, Helen percebe que, num nível inconsciente, está se preparando para um horror que nem pode explicar. Dmitri também se retraiu; ele não faz mais perguntas, e mesmo quando Mike chega, ele não demonstra nenhum interesse. Mike sugere novamente que voltem ao hotel, mas não chega a lugar nenhum; Dmitri está determinado como concreto e não vai se afastar. Em vez disso, uma cama dobrável e cobertores foram trazidos à sala, apesar de eles também parecerem fora de cogitação para a sua vigília. Se ele não pode sair à procura da esposa, talvez possa trazê-la de volta por pura força de vontade.

Helen folheia mais uma revista, em busca de algo que prenda sua atenção. Ela também não consegue dormir, tampouco consegue se concentrar para ler. Ela levanta e vai até uma prateleira de panfletos junto à parede: como prevenir doenças sexualmente transmissíveis, como reconhecer sintomas de depressão, como escolher a faculdade ou carreira certas, conselhos contra uso de anfetaminas, cigarro e álcool. Ela sente alívio por seus filhos já estarem crescidos. Dados os riscos ilimitados, parece um milagre que qualquer criança sobreviva até a idade adulta — e profundamente injusto que uma possa sobreviver e encontre na outra ponta da vida não descanso, e sim uma nova gama de perigos.

— Tem certeza de que não quer usar a cama, papai? — insiste ela. Ele balança a cabeça como um metrônomo lento.

— Acho que vou tentar dormir de novo. — Ele não responde. Helen se sente culpada, como se estivesse desistindo de sua mãe ou o abandonando.

Ela volta para o sofá e, sentada ao lado dele, pega sua mão. Ele mexe um pouco a boca, mas não levanta o olhar nem reage a ela de outra forma. Sua mão está flácida sobre a dela.

— Nunca passamos uma noite separados — diz ele finalmente.

— E na guerra?

Ele dispensa o comentário, e Helen não quer forçar o assunto. Mas também não sabe mais o que dizer.

— Bem, está bem — diz ela, apertando a mão dele e ficando em pé. — Eu te amo.

— Também te amo, Lenochka.

— Você se importa se eu desligar a luz do teto? Posso deixar esse abajur aceso.

AS MADONAS DE LENINGRADO

Deitada na cama, ela encara o teto. Há um desenho aleatório de furos nas telhas acústicas. Ela procura em vão por padrões, como alguém que olha para o céu à noite em busca de caranguejos, caçadores e leões. Aqui tem algo que poderia ser um rosto de um olho só, ali um cachorro com um rabo enorme. Apenas uma necessidade desesperada de sentido, pensa ela, poderia conectar esses buracos formando imagens, ou as constelações num universo com algum significado.

Em março, os banhos públicos são reabertos. Marina e Olga Markhaeva esperam na fila do lado de fora das *banya* por três horas, conforme grupos de mulheres saem e mais duas dúzias entram. No parque do outro lado da rua, as lâmpadas que não foram soterradas e engolidas durante o inverno lançam suas luzes em meio à neve. Ainda está frio, mas a viscosidade amarga do inverno está afrouxando. Pingentes de gelo estão derretendo e espatifando no chão, e a cada dia os raios de sol permanecem no céu cinco minutos a mais que no dia anterior.

Katya Kostrovitskaia, uma funcionária na restauração do museu pós-bombardeios, se aproxima delas ao ir embora. Suas bochechas estão coradas.

— É maravilhoso — conta ela. — O vapor não é tão quente como antigamente, e não há ramos de bétula para fazer *vaniks*, mas sinta. — Ela pega as mãos de Olga entre as suas. — Ainda estão quentes.

Finalmente elas chegam ao começo da fila e entregam seus tíquetes. Entram numa antessala com fileiras de bancos onde, com algumas dúzias de outras, se despem.

— Deixem suas roupas com as funcionárias da lavanderia — avisa uma atendente. — Elas serão desinfetadas e guardadas para vocês. Seu tempo será limitado a duas horas. Por favor, voltem para a antessala e recuperem suas roupas antes que as duas horas terem passado. Que seu banho seja tranquilo.

Marina se senta ao lado de Olga e começa a tirar delicadamente as botas e a baixar a primeira camada de meia-calça. Ela tem vivido nessas mesmas roupas de semana a semana, dormindo e trabalhando embrulhada em tantas camadas que seu corpo tem estado escondido até dela mesma. Ao subir a Escadaria do Jordão, ela evita metodicamente seu reflexo nas paredes espelhadas, mas quando ela se lava num canto escuro do abrigo, passando a esponja no pescoço e braços e por baixo da saia, ela sentiu os ossos de seu corpo vindo à tona, um a um. Esteja ela sentada ou deitada, eles apunhalam sua pele.

O anel que Dmitri lhe deu no outono e que ela jamais ajustou agora sacode livremente entre as juntas de seu dedo anelar, enquanto ela baixa mais uma meia-calça. Ela encara com horror a perna que emerge, sua pele como juta, manchada de máculas azuis de escorbuto. Na ponta, o pé está tão áspero e escuro como as almofadinhas da pata de um cachorro. Sua barriga ronca, e ela fecha os olhos. Ela baixa as meias da outra perna sem olhar, e então metodicamente desabotoa e tira primeiro o suéter, depois a saia de lã e em seguida o vestido por baixo. Quando ela finalmente remove a última de suas roupas de baixo, fica parada nua, sentindo o sussurro esquecido do ar contra sua pele.

Ela não consegue se olhar, mas suas mãos tocam a barriga por conta própria. Enquanto o resto de seu corpo murchou, sua barriga continuou a inchar, e suas mãos exploraram a crescente extensão com admiração. Agora ela aguarda, com a atenção voltada para dentro, até sentir uma agitação tranquilizadora.

— O meu também está distendido. — Quando Marina se volta, Olga está apontando para o próprio abdome. Está tão redondo quanto uma fruta. Marina está prestes a protestar, mas Olga baixa a voz num sussurro. — Quem imaginaria que seres humanos poderiam ter esta aparência e ainda estarem vivos? Olha, não dá nem para distinguir os homens das mulheres, a não ser pelos pênis.

Marina acompanha o olhar de Olga até fileira de corpos nus diante delas. Nenhum parece particularmente feminino ou masculino, apenas uma procissão não diferenciada de carcaças velhas e emaciadas, mas, efetivamente, no meio da fila ela vê um pênis descansando entre duas pernas magras. O homem está sentado, com as mãos soltas a seu lado e os olhos voltados para a frente como pedra, desinibidos. Restaram poucos homens na cidade para justificar banhos separados, mas ninguém se importa mais, suas modéstias encolhidas como seus corpos. Também não é modéstia que faz Marina desviar o olhar para o chão. É repulsa. Esses não são corpos, mas sim esqueletos desperdiçados, costelas e espinhas salientes e fêmures aparentes suportados por pernas impossivelmente finas.

Funcionários passam pelas fileiras de bancos, recolhendo roupas e procurando piolhos em cada pessoa, movendo sistematicamente as mãos por couros cabeludos antes de liberá-las para uma sala de azulejos com chuveiros onde outro funcionário explica que a água só vai correr por três minutos, e que devem lavar o cabelo e cada parte do corpo naquele tempo. Marina entra debaixo do chuveiro e a água corre sobre sua cabeça e golpeia sua pele como uma chuva pesada. Ela pega uma barra de sabão de lixívia bruto e esfrega os pés, subindo rapidamente por todo o corpo. Ela mal tem tempo de enxaguar o sabão do cabelo antes de a água gotejar e parar.

Antes de entrar na sauna a vapor, todos recebem uma bacia de metal cheia de água e são advertidos a prestar atenção em sinais de desmaio.

É como atravessar uma nuvem e entrar no céu. O vapor crescente encobre quase todas as mulheres, menos as que estão sentadas perto da porta, mas a sala de azulejos ecoa as vozes de cem. Olga pega a mão de Marina e suspira alegremente.

Cada parede é avarandada, do chão ao teto, por bancos, e os bancos estão ocupados pelos corpos de mulheres, vacilando em meio ao vapor como miragens. Marina e Olga atravessam lentamente a bruma até encontrarem um espaço vago num banco mais baixo, largo o bastante para que caibam as duas. Marina afunda no banco e fecha os olhos. Ela assimila a sensação do calor penetrando em sua pele e mergulhando em seus ossos. Katya tinha razão: não é como antes da guerra, quando o vapor podia tostar os pulmões de alguém, mas nada é mais delicioso que essa sensação, como deslizar para dentro de um pote de mel.

Ao longo desse inverno de recordes de temperaturas baixas, ela se sentiu congelada, o frio era uma tortura tão forte quanto a fome. Mesmo encolhida sob uma montanha de cobertores à noite, seu corpo frígido já tremeu espasmodicamente com o frio. O único alívio é a sala do supervisor, onde o fogareiro está sempre no máximo e os funcionários se reúnem sob qualquer pretexto. O próprio diretor Orbeli visitava ali frequentemente, conversando com os membros da equipe e bebericando uma xícara de chá. Quando ela desce do telhado ao final de seu turno, se demora lá, escutando as conversas e posicionando as mãos perto da grelha até seus dedos formigarem e queimarem. Aquilo é maravilhoso, mas não é nada perto disso. Aqui, seu corpo inteiro está quente e vibrante, como num sonho. Ela flutua numa corrente de vozes suaves e borbulhantes, e do sibilo da água espirrando nas pedras quentes. Marina está quase pegando no sono quando um pé pequenino ou punho lhe golpeia forte as costelas, e ela arfa.

— O que foi? — O rosto de Olga surge na frente de Marina, com a sobrancelha franzida de preocupação.

Marina não contou seu segredo a ninguém, mas decide impulsivamente dar a Olga esse presente.

— Um bebê — diz ela timidamente. — Estou esperando um bebê.

Mas Olga não lhe dá parabéns. Com os lábios apertados, ela balança a cabeça lentamente.

— Você não está grávida, Marina. É a distrofia. Precisa saber disso.

— Não. Minha menstruação parou, e...

Olga a interrompe gentilmente:

— Minha querida, metade das mulheres aqui pararam de sangrar. Não significa o que está pensando. — Ela dá um tapinha no ombro de Marina, reconfortando-a. — Um dia você terá muitos filhos. — Isso também parece duvidoso, considerando que sobraram poucos homens para serem pais, mas Olga claramente acha que ela não está sendo muito racional.

— Eu não estou louca — diz Marina e encara Olga com firmeza. — Olhe aqui. — Ela passa as mãos na barriga como um radar, tentando sentir a criança. Quando ela a encontra, pega a mão de Olga e a aperta num ponto logo à esquerda de seu umbigo. — Só um minuto. Espere. — As duas esperam, escutando com as mãos. Depois de um instante, Marina sente o bebê se mexer. Ela levanta o olhar para Olga e vê a confirmação na expressão de espanto da amiga.

AS MADONAS DE LENINGRADO

— Não é possível — insiste Olga, balançando a cabeça. Ela tira a mão, mas a mantém perto da barriga de Marina, como se estivesse se aquecendo com o calor do fogareiro da sala do supervisor. Seus traços singelos se suavizam. — Um bebê. — Esta mulher que conhece tantos poemas de repente se encontra sem palavras. — Uma vida... ora, ora.

Marina se dá conta de que está sendo analisada pelas cabeças flutuantes ao redor. Há cochichos e olhares de esguelha conforme a notícia é propagada pelo lugar. E então uma velha surge do vapor e para na frente de Marina. Talvez ela não seja tão velha — é impossível adivinhar a idade de uma pessoa faminta —, mas parece uma bruaca, com os cabelos grisalhos grudados em riachos molhados até os ombros esqueléticos e os seios murchos. Na luz aquosa, ela é tão pálida quanto um boneco de cera.

— Posso? — pergunta ela, e apresenta duas mãos esqueléticas. Marina cobre a barriga protetoramente, e Olga dispensa a mulher.

— Deixe-a em paz.

A mulher ignora Olga e espera a resposta de Marina.

Marina sente o bebê dentro dela, flutuando em seu próprio banho quente, a salvo.

— Sim, tudo bem — diz ela finalmente, tanto para o bebê quanto para Olga. Ela desliza as mãos e expõe a barriga. A velha passa a mão, e Marina sente um toque leve e saltitante na pele. Como se reagindo ao toque estranho, o bebê nada em direção à mão da velha. Ela assente, seus olhos sombrios cintilam, e seus lábios ensaiam um sorriso.

— Ele é muito forte — comenta ela. — Um menino.

Olga resfolega.

— Sim, é um menino — insiste a mulher. — Já ajudei no parto de um monte de bebês, alguns neste exato banho. E este aqui — ela dá um tapinha na barriga de Marina com afeto —, é um menino. Aqui, sinta como ele chuta forte.

Encorajadas pela senhora, outras mulheres se juntaram atrás dela. Uma a uma, elas surgem em meio ao vapor e estendem as mãos, como na fila do pão. Marina assente e então espera pacientemente até que cada par de mãos toque seu ventre. Elas são educadas: assim que sentem o bebê mexer, saem da frente e dão a vez à próxima. Elas cochicham entre elas. Marina escuta uma delas comentar:

— Olhe os seios dela, olha como estão cheios.

E outra diz:

— De quanto tempo você acha que ela está?

Uma delas faz o sinal da cruz quando o bebê chuta e anuncia para as outras ao seu redor:

— É um milagre.

Todas concordam.

A velha sussurra no ouvido de Marina:

— Tenho pão para você. Está no bolso do meu casaco. Vou buscar.

— Não, titia — protesta Marina. — Não deve.

— Ele precisa comer — insiste a velha e, antes que Marina possa protestar mais, ela some em meio ao vapor como um fantasma.

No primeiro dia em que os bondes voltam a correr, parece que todos na cidade saíram para dar uma volta. O toque dos sinos os arrasta de suas casas e seus escritórios escuros para o ar da primavera, e mesmo que não tenham para onde ir, eles se enfileiram nas ruas e aplaudem a aproximação dos carros vermelhos. Não há empurrões nem cotoveladas como nos velhos dias. As pessoas esperam pacientemente e cedem seus lugares àqueles que estão fracos demais para ficar em pé. Alguns levam ramos de flores coloridas nos braços.

Da entrada de serviço do Hermitage, Marina observa um dos carros passar roncando. Como se fosse feriado, os passageiros do bonde acenam ao passarem. Ela adoraria ir até a fronteira da cidade, mas há muito trabalho a ser feito aqui. Ela acena de volta, pega seu balde vazio e volta para o museu.

Livre de seu manto de gelo invernal, o Hermitage está descongelando. As paredes gotejam umidade, os tetos têm infiltrações, e riachos descem pelas paredes. A neve do telhado está derretendo, pingando através das claraboias e borrifando uma água lamacenta nos pisos. A enorme população do Hermitage foi reduzida a uma equipe esquelética de talvez cinquenta pessoas, em sua maioria mulheres velhas, e um terço delas está se

DEBRA DEAN

recuperando na clínica do Hermitage em dado momento. Como sobreviventes de um naufrágio em um barco salva-vidas furado, aquelas aptas ao trabalho retiram a água incessantemente, mas é um trabalho demorado e elas mal conseguem dar conta dos baldes transbordantes. Durante toda a manhã, Marina tirou baldes de água imunda dos salões das claraboias, através de longos corredores desertos, descendo as escadas que levam à barragem. Em quase uma dezena de viagens, ela não viu nenhum conhecido, apenas um punhado de cadetes da academia naval carregando pedaços de móveis.

Ela sobe a escadaria do conselho. A maior parte das janelas do museu foi tampada com tábuas e está quase completamente escuro, mas ela conhece o caminho de olhos fechados. Ao passar pelo longo corredor do Salão Rembrandt, Marina intima seus antigos moradores como se fizesse chamada. Flora e Dânae, o Pai e seu filho pródigo, o poeta Jeremias de Decker, o velho de vermelho, Baartjen Martens Doomer, Abraão e Isaque, Davi e Jônatas, a sagrada família. Ela não tem tempo de parar, mas de canto de olho ela às vezes parece notar um vislumbre de um rosto familiar espreitando do meio da escuridão.

Ela vira no Salão Espanhol das Claraboias. Suas paredes vermelho-escuras um dia dominadas de fervor religioso, o Jacó de Murillo sonhando um redemoinho de anjos negros, o martirizado São Lourenço de Zurbaran carregando a grelha em que ele será torrado e, para qualquer direção que se virasse, mais um santo imerso num terrível êxtase, seus olhos voltados para o alto em direção à luz celestial passando pela monumental claraboia abobadada. Agora, no entanto, a sala parece mais uma caverna subterrânea ou uma mina abandonada. Depois que a explosão de uma bomba estilhaçou a claraboia, ela foi tampada com com-

AS MADONAS DE LENINGRADO

pensado amarrado à estrutura com arames. No escuro, o salão ecoa os pingos d'água e, ao olhar para cima, ela vê alfinetadas e frestas de luz delatoras. As mulheres mais corajosas da equipe de reparos se arrastaram repetidas vezes até as claraboias e tentaram vedar os vazamentos, pregando tábuas soltas e costurando lonas nas emendas, mas o vento e a água encontram novas falhas continuamente.

Suas botas batem no chão enlameado até uma fina cascata que cai ruidosamente num balde transbordando. Ela levanta o balde pesado e o substitui pelo vazio na sua mão. Centenas de toneladas de neve estão derretendo no telhado, e Marina tem a impressão de estar transportando um balde de cada vez.

Suas costas doem e ela está sem fôlego. Quando descobriu que estava grávida, ela esquecia o fato por horas, e ficava maravilhada novamente toda vez que sentia o bebê mexer. Mas agora ele é uma presença constante, pressionando sua bexiga e seu diafragma, acordando-a no meio da noite. O bebê está começando a se acomodar e descer, e a enfermeira diz que ele pode nascer a qualquer momento. Marina fica dividida quanto a isso. Enquanto ele está em seu ventre, ela pode protegê-lo contra o mundo. Mas ele já está duas semanas atrasado e o lago está derretendo.

Descendo as escadas, ela pisa com cuidado em cada degrau, se equilibrando entre o peso da água nas mãos e o da criança impulsionada na parte frontal de seu corpo. No inverno, ela tomava cuidado para não cair porque poderia não ter forças para levantar. Agora, no entanto, não está pensando em si mesma. Agora tudo é para esta criança. Ela é meramente um veículo para algo maior.

Ela imagina que tenha tempo suficiente para mais uma viagem antes do almoço, mas quando sobe as escadas com seu balde vazio, ela se surpreende desviando de seu caminho, atraída pela luz e pelo som das vozes vindo dos Jardins Suspensos acima do estábulo do palácio. Só cinco minutos de descanso, ela promete.

O jardim que um dia foi pontilhado de árvores floridas e estátuas graciosas está agora despido, o chafariz de mármore solitário no meio de quadrados crus de terra. Um grupo de mulheres está de joelhos no solo recém-revirado, conversando entre si como pardais ao cavarem lascas da terra e plantarem fileiras de sementes. Uma delas a vê e acena. É Olga Markhaeva. Ela se levanta e espana a terra da frente de seu casaco.

— Você não devia estar carregando água.

Desde que Olga soube da gravidez de Marina, ela se encarregou de cuidar dela, aconselhando-a a dormir com os pés para cima, procurando de alguma maneira punhados de dentes-de-leão frescos, e até a acompanhando ao médico para ajudá-la a ter direito ao leite. O consultório médico estava cheio de distróficas, e foi apenas pela perseverança de Olga que Marina conseguiu cinco minutinhos do disputado tempo do médico.

— Estou bem — afirma ela. — O dr. Sokolov disse que posso continuar trabalhando como sempre. Disse que é saudável para o bebê.

— E o que aquele velhote sabe? Você não é uma das servas da propriedade da família dele. Venha cá, sente-se e tire o peso dos pés.

Olga pega Marina pelo braço e a leva até um banco encostado na parede. Marina afunda com gratidão. Ela leva os aromas ricos e argilosos de terra aos pulmões e volta o rosto na direção da luz fraca e aquosa do novo sol. Ela mal sente seu calor — ela duvida que um dia vá se sentir completamente aquecida novamente — mas a luz pinica suas terminações nervosas anestesiadas.

— Dmitri e eu costumávamos trazer nossos almoços para cá — conta ela, passando a mão sobre o mármore. É liso e quente. — Sentávamos neste banco.

Olga assente, mas não diz nada. Há mortos demais para palavras de conforto. É simplesmente como as coisas são.

O banco foi mudado de lugar. Ele ficava no meio do jardim, debaixo de um salgueiro espiralado particularmente belo. Eles comiam seus sanduíches e escutavam o respingar do chafariz; pequenos arco-íris suspensos em sua bruma. Dmitri falava sobre Hemingway e Babel. O sol dançava nas folhas verdes. O perfume de glicínia pairava no ar.

Nem parece possível que seja o mesmo lugar. No verão passado, as estátuas foram removidas para salas lá embaixo, e então o inverno cruel matou todas as árvores e arbustos. Salgueiros mortos foram cortados um a um por sua lenha, e agora as madressilvas e glicínias tinham sido arrancadas e os roseirais escavados para dar lugar a plantações de verduras. Não sobrou nada além desse banco, o chafariz e, empilhados contra a parede ao lado dela, uma dúzia de velhos arbustos de lilases, com a terra ainda agarrada à suas raízes. Os membros nodosos estão cobertos de folhas.

— Olha. Ainda estão vivos — observa Marina. Os lilases, plantados anos e anos antes para a imperatriz Alexandra Fyodorovna, sobreviveram. As folhas em formato de coração parecem emitir um brilho de dentro, centenas de corações pulsando com uma bela e quente luz verde. Ela nunca viu um verde tão brilhante.

— É uma pena, não é? — comenta Olga. — Elas deram folhas, mas não floresceram. Além disso, precisamos de espaço para as verduras. Não se pode comer lilases.

Marina se debruça e pega uma única folha. É translúcida como a pele de um bebê, cada veia delicada é visível, suas beiradas frágeis começam a se encolher para dentro. Ela sente algo dentro dela rasgar, e a folha está nadando numa enchente embaçada de lágrimas.

— Epa, epa. — Olga afaga as costas de Marina com hesitação. — Pare com isso. Não deve chorar. Não é bom para o bebê tanta tristeza assim.

Marina balança a cabeça sem dizer nada. Ela não consegue explicar, mas o que está sentindo é tanto gratidão quanto dor, um sentimento primal que contém as duas coisas.

— Não é isso — soluça ela. — É que estou aqui para ver isso. Este verde. Este dia.

De certa forma, era mais fácil no inverno. A escuridão, o frio, a fome, reduziam o mundo a uma sequência repetitiva de movimentos pequenos e tediosos. As pessoas passavam o dia como zumbis, suportando o insuportável, não sentindo nada. Agora, Marina se encontra tomada de sensações. É como voltar dos mortos. Seus músculos e ossos estão duros, mas sua alma cambaleia de modo embriagado, fustigada por lembranças inesperadas e uma delicadeza de sentimento que a surpreende.

— É a gravidez — diz Olga, visivelmente aliviada por ter chegado a essa explicação. — Os humores da mãe flutuam. — Ela entrega um pano limpo a Marina e a observa secar as lágrimas e assoar o nariz.

— Vamos comer. Você vai se sentir melhor. Já está na hora do almoço, aliás.

A cantina está cheia de trabalhadores e emerge o murmúrio de dúzias de conversas. Isso é novidade. No inverno, só se ouvia o arrastar de pés, o lento arranhão dos talheres conforme cada

AS MADONAS DE LENINGRADO

um ali se concentrava em silêncio em sua comida, mas conforme o tempo esquentou, as refeições voltaram a ser sociais, com as pessoas voltando a atenção para fora. Marina e Olga ficam na fila para tigelas de mingau e pão, e então, carregando suas bandejas, abrem caminho entre as mesas até avistarem Anya e outra babushka sentadas numa mesa grande.

Anya é um dos enigmas da fome do inverno. Ela estava tão frágil na época que Marina não esperava que ela sobrevivesse. No entanto, aqui está ela. É puro osso de tão magra e enrugada como uma uva passa, mas viva.

— Olhe só para você — diz Anya. — Este bebê deve estar gordo como um príncipe. Venha cá, sente-se a meu lado, querida — ela dá um tapinha no banco a seu lado.

O mingau está delicioso, verde e picante com beterrabas.

Enquanto comem, as mulheres conversam sobre o progresso de suas tarefas no Jardim Suspenso. Falam sobre o que está sendo plantado, quantas fileiras de cenouras e repolhos, quantas de alhos-porós e cebolas, o que estará pronto para a colheita primeiro.

— Mas é apenas um grande jardim de cozinha — lembra Olga. — Não vai ser suficiente para nós.

Mesmo num dia claro de primavera, é difícil não imaginar o inverno seguinte. Ninguém mais fala de uma resolução iminente para a guerra. As vitórias do Exército Vermelho em dezembro animaram a população por meses, mas apesar de uma ofensiva em larga escala, a campanha de inverno acabou num empate, e o exército está prestes a colapsar de cansaço.

Enquanto isso, a primavera está derretendo a estrada de gelo sobre o lago Ladoga e a única forma de se escapar da cidade.

Apesar de caminhões continuarem atravessando a estrada, suas rodas já estão respingando água.

— Se o tempo continuar quente, dizem que a estrada vai fechar em poucas semanas — confidencia Marina a Anya. — O dr. Sokolov disse que eu poderia viajar cerca de uma semana após o parto, mas o bebê já está duas semanas atrasado. — Seu plano é partir rumo ao sul para uma cidadezinha de veraneio no Cáucaso, para onde muitos funcionários do Hermitage já foram.

— Deus vai se encarregar disso, meu bem — assegura Anya.

— Não quero faltar com o respeito, mas depois de tudo que viu, como pode dizer isso?

A expressão da velha é tão angustiante que Marina imediatamente se arrepende de tê-la desafiado.

— Não sei o que Ele reserva a você, querida. O futuro é sempre um mistério. Mas vou rezar por você. Mal não vai fazer.

Olga deseja boa tarde a todas e sobe de volta para o jardim. Marina caminha com Anya até o pátio. Está repleto de móveis: fileiras de cadeiras douradas, canapés e divãs do Império Russo. Os móveis estofados do museu começaram a mofar, e como os funcionários estão fracos demais para levantar peso, cadetes da academia naval foram trazidos para ajudar a transportá-los lá para fora para arejar e tomar sol. Algumas senhoras estão escovando os estofados, espanando penugem verde de brocados e veludos.

Anya escolhe uma poltrona confortável e pede a Marina que a ajude a tirar as botas. Marina agacha a seus pés e apoia uma bota surrada de feltro sobre seu colo. Os cadarços estão esfarrapados e tão cheios de nós que é difícil desamarrá-los. Ela toma cuidado para não puxar com força e a bota se desintegrar em suas mãos.

— A meia-calça também, querida, por favor — pede Anya, jogando a cabeça para trás para tomar sol e fechando os olhos. Marina baixa a meia pesada da velha, expondo um pé enegrecido. Anya contorce os dedos do pé e suspira exuberantemente.

— É bom estar viva num dia como este. — Ela afunda de volta na poltrona, apoiando o pé descalço sobre outra cadeira e levantando o outro pé como uma criança que espera ser despida por sua babá.

Quando Marina desnuda o segundo pé e o acomoda com cuidado ao lado de seu par, o queixo de Anya está encostado no peito e seus olhos estão fechados. Seu rosto é suave e ela saliva pelos lábios entreabertos. É o privilégio dos velhos, pensa Marina. Ela diz a si mesma que se viver tanto tempo assim, talvez um dia consiga dormir daquele jeito novamente.

No espaço de uma hora, as dúzias de baldes e urnas no Saguão Espanhol transbordaram, criando um mar de lama onde se misturaram à areia.

Em sua segunda passagem pelo o andar de cima, Marina escuta o quase esquecido som de risadas. Ela segue a direção delas através dos salões das claraboias até chegar ao Salão dos Cavaleiros, onde dois garotos usando uniformes azuis de cadetes estão analisando uma enorme vitrine, com os narizes encostados no vidro. Lá dentro estão três cavalos empalhados e as silhuetas acolchoadas de cavaleiros despidos de suas armaduras medievais parecendo múmias.

— Deviam vê-los com suas armaduras — interrompe Marina. Os garotos levam um susto com a voz de Marina e se afastam da vitrine com culpa.

Sorrindo, ela tenta deixá-los à vontade, mas seus rostos permanecem solenes e ilegíveis.

— Não parecem grande coisa agora, mas são bem fortes quando estão vestidos. Até os cavalos usavam armaduras. — Marina descreve a armadura de corpo inteiro, os capacetes com visores pesados, e os peitorais que protegiam os cavalos.

O mais novo dos meninos, apenas pouco mais velho que os primos dela, pergunta timidamente:

— São de verdade?

— Os cavalos? Ah, sim, são empalhados.

O rapaz mais velho continua imóvel, com o olhar alternando nervosamente de Marina para a porta atrás dela.

— Tudo bem — reassegura ela. — É para parar e olhar mesmo. Todos nós o fazemos. Vou dizer uma coisa: quando terminarem, gostariam que eu lhes mostrasse o que mais temos aqui?

Os dois hesitam.

— Não sei se nosso capitão vai permitir — explica o mais velho.

— Vou falar com seu capitão e com o meu. Parece o mínimo que podemos fazer para agradecer a vocês pela ajuda.

— Sim, tia — diz o mais velho. É o termo comumente usado para se dirigir a qualquer mulher mais velha, mas Marina precisa conter a vontade de abraçá-lo.

— Ótimo, então. Está combinado.

Verde. A palavra nem começa a descrever isso.

Por um instante ela esquece que está perdida, que está fraca e com frio e que as solas de seus pés estão sensíveis de feridas. Ela pega uma folha entre o polegar e o indicador e a levanta. É incrivelmente bela, o primeiro novo verde do mundo, a luz da criação ainda brilha dentro dela. Ela a estuda. O tempo regride, e ela flutua além dele, total e completamente absorvida por esta visão. Quem saberia quanto tempo se passou? Ela está além da tirania do tempo. Certa vez Dmitri a deixou sentada numa cadeira ao lado da janela e quando voltou mais tarde a encontrou ainda hipnotizada pela dança da poeira iluminada por uma fresta de sol da tarde. Ele disse que havia lavado três cestos de roupa durante o que para ela parecera um segundo.

Essa lenta erosão do ser tem suas compensações. Tendo esquecido seja lá quais associações que pudessem entediar sua visão, ela pode olhar para uma folha e vê-la como se pela primeira vez. Apesar de a razão sugerir outra coisa, ela jamais viu um verde como esse antes. É fascinante. A cada dia, o mundo volta a ser novo, sagrado, e ela absorve tudo, na mais crua intensidade, como uma criancinha. Ela sente algo florescer em seu peito — alegria ou tristeza, uma hora as duas coisas se tornam inseparáveis. O mundo é tão agudamente belo, por todos os seus horrores, que ela vai ficar triste ao deixá-lo.

Helen adormece e acorda alternadamente, perdendo a consciência e em seguida despertando num susto instantes depois, como se estivesse correndo o risco de se afogar. Quando o céu se ilumina novamente, ela olha para o relógio. São quase cinco. Já passaram 26 horas desde que as buscas começaram, uma ou duas horas depois que sua mãe desapareceu no meio da noite. Ela se senta lentamente, testando suas pernas e seu pescoço rígidos. Dmitri está apático no sofá, com o rosto relaxado de sono e o peito subindo e descendo ritmicamente. Como uma mãe com recém-nascido agitado, ela desliza silenciosamente para fora da cama dobrável e deixa a sala sorrateiramente.

O refeitório está quase vazio: um homem de cabelos grisalhos com um porte atlético de alpinista, que ela reconhece como coordenador da busca, e Mike, que está esticado sobre um banco estreito, de olhos fechados, continuam ali. Ocorre a Helen que ele também está aqui há quase um dia inteiro, e ela se pergunta se haveria alguém esperando por ele em casa. Em vez de acordá-lo, ela pergunta ao coordenador se ele tem alguma notícia. Ele balança a cabeça, com o rosto estampado de compaixão.

— Queria poder dizer o contrário. Mas temos um time muito bom lá fora. E a temperatura continuou bastante quente durante

a noite. Acho que existem bons motivos para termos esperanças.
— Ele continua fitando seus olhos e pergunta: — Me disseram
que ela é uma mulher muito forte. Estou ansioso para conhecê-la.

O coração de Helen, já fragilizado, infla de gratidão com
toda a boa vontade escondida no mundo.

— Obrigada. — diz ela, e sua garganta parece se fechar
com aquela palavra. Parece insuficiente, mas ele aceita com um
aceno de cabeça.

Ela perambula por corredores obscuros com armários e
vitrines de troféus, e espia as salas de aula vazias. No fim do
corredor, ela se depara com a sala de artes. Helen encontra o
interruptor e fileiras de lâmpadas fluorescentes piscam e zunem
ganhando vida. Há algo enormemente reconfortante e familiar
na sala industrial, com seus pisos de linóleo e mesas sujas de
tinta, as prateleiras de metal, e o torno de cerâmica jogado pesadamente num canto. Projetos de arte dos alunos estão colados
nas paredes de concreto. Ela circula pela sala, examinando os
resultados de diversas tarefas — uma de colagem, a maioria
fotos de revistas e slogans recompostos como tantos pedidos
de resgate, outra de pastéis, vinte versões da mesma tigela de
fruta. Elas mostram a típica gama dos iniciantes, dos desenhos
cuidadosos e conscientes dos melhores alunos, àqueles cujas
tigelas distendidas e frutas manchadas são quase desafiadora-
mente crus e inexperientes.

Ela só tirava dez nas aulas de arte, para desgosto de seus pais
e daqueles professores que haviam dado aulas a seu irmão mais
velho e que esperavam um eco de genialidade da irmã mais nova
dele. Em vez disso, ela era normal. Fazia os deveres de casa e
cumpria os prazos, porque menos que isso era impensável na
sua família, mas ela só se destacava na aula de artes, uma área na

AS MADONAS DE LENINGRADO

qual não tinha a competição de Andrei. A sra. Hanson, a jovem divorciada de rosto chupado que dava aulas de arte e cerâmica, encorajava Helen, lhe dando até aulas particulares depois da escola quando Helen esgotara todas as suas eletivas. Foi numa sala não muito diferente dessa que ela se sentira mais feliz na adolescência.

Num armário destrancado, Helen encontra um maço de papel pardo e uma caixa de carvão. Ela senta em uma das carteiras e deixa o carvão velejar livremente pelo papel em branco, preenchendo várias folhas com nada mais que riscos negros furiosos e voltas e rabiscos velozes, só pela sensação de emoção que corre por seu braço. Depois de um tempo, ela diminui a velocidade e, numa folha nova, começa a desenhar traços mais cuidadosos e exploradores. Ela fecha os olhos, reabre-os, e com mais confiança desenha uma linha longa e sensual, e depois outra.

A cabeça de uma jovem começa a surgir no papel. Ela está quase de perfil, com o queixo levemente para cima e os olhos pensativos em algum ponto no alto e à esquerda do observador. Seu cabelo está preso com capricho para trás, revelando um pescoço esguio que termina numa gola redonda. Ela é dolorosa e lentamente bela, como as notas de um violoncelo.

É uma imagem tão profundamente enraizada na memória de Helen quando certas ilustrações vagamente perturbadoras de livros infantis. Uma velha fotografia desbotada numa moldura de prata na cômoda de seus pais, um retrato de estúdio dos anos 1930. Disseram-lhe que era sua mãe, a única imagem dela que sobrevivera à guerra. No entanto, a garota na foto não tinha guardava nenhuma semelhança com a real mãe de Helen. Além de ser impossivelmente jovem, a garota exibia uma expressão que Helen não reconhecia, os olhos escuros tenros e românticos como os de um poeta. Ela não achava que seus pais estivessem exatamente mentindo, mas também não conseguia conciliar essa garota em sépia com a mulher robusta de vestidos simples e retos que cozinhava fígado com cebola e passava a ferro papel de presente e suas fitas para que fossem reutilizadas. Sua imaginação não era capaz.

Agora, no entanto, olhando para o que podia muito bem ser uma recriação da fotografia, Helen reconhece certos traços inconfundíveis, as maçãs do rosto largas e a linha firme da boca da jovem, traços que conferem às alegações de seus pais uma assombrosa sugestão de verdade. Ela não consegue ver sua mãe, realmente, mas alguém poderia alegar que esta era uma parente perdida mais jovem.

Helen encontra uma lata de spray fixador no armário e borrifa no desenho para o carvão não borrar. Então ela pega uma folha nova e recomeça, esboçando o formato de uma cabeça, a curva de um ombro. Os contornos brutos de outra cabeça aparecem, inclinados no mesmo ângulo que a primeira.

Ela está praticamente desenhando de memória. Está acostumada a desenhar seus filhos sem parar, desde que eram bebês. Quando eles ficaram mais velhos e começaram a se recusar a posar, ela continuou às escondidas, memorizando os traços deles e os registrando no papel mais tarde. Às vezes eles a flagravam os encarando muito profundamente e gemiam impacientes:

— Pare de desenhar a gente, mãe.

Mas ela nunca desenhou a própria mãe, nunca olhou para ela com a intenção de desenhá-la, e é mais difícil do que esperava. O rosto de sua mãe é tão familiar que ela não consegue vê-lo. Ela abandona um rascunho e começa outro, e depois mais um. Lentamente surge um rosto que lembra sua mãe, apesar de ser jovem demais, em algum momento da meia-idade. As superfícies de seu rosto estão cheias demais, as linhas fortes demais. Com o dedo mindinho, Helen suaviza a linha da mandíbula para sombreá-la, e desce manchas de carvão pela garganta como enxurradas. Ela acrescenta um véu de delicadas marcas em volta dos olhos e da boca, além de traços leves, cabelos que se erguem como fumaça do couro cabeludo de sua mãe.

O desenho fica pronto, mas de alguma maneira inefável ele não retrata sua mãe. Helen o estuda, vagamente insatisfeita.

Há vozes lá fora. Uma equipe de busca está voltando, mais ou menos uma dúzia de pessoas atravessando o pátio a caminho do refeitório. Ela não consegue identificar o que estão dizendo, mas seus corpos estampam desânimo. Conforme ela observa, uma van da igreja para na entrada circular e descarrega mais um grupo.

Ela larga o carvão e, deixando os desenhos para trás, atravessa o corredor com pressa em direção à sala do diretor, com o coração aos pulos. Ela não devia ter se afastado tanto; devia ficar com seu pai. A porta está aberta, mas ele não está mais lá.

Os grupos estão entrando no refeitório, descarregando mochilas, bebendo água, sentando no chão e tirando sapatos.

Ela pergunta à primeira pessoa que vê o que está acontecendo.

— Ela foi encontrada. Está viva.

Ela não tinha chorado, não desde que tudo isso começou, mas agora Helen se vê lutando contra as lágrimas, secando-as conforme escapam de seus olhos.

— Eu achei... — Algo se solta dentro dela com um som gutural, e de repente ela está soluçando por uma tristeza que guardou por anos, seu peito inflando e sacudindo.

Há talvez três dúzias de rapazes e um punhado de mais velhos, homens esqueléticos em uniformes desbotados. Marina os reuniu no patamar da Escadaria do Jordão, exatamente como fazia antes da guerra, embora desta vez tenha trazido consigo duas lâmpadas de querosene.

— Bem-vindos ao Museu Estadual de Leningrado, popularmente conhecido como Hermitage. Mais de um milhão de visitantes passam por estas escadas a cada ano. A escadaria foi projetada pelo arquiteto Francesco Bartolomeo Rastrelli no século XVIII. Reparem no uso luxuoso dos moldes de estuque dourados, na abundância de... — Ela vacila e baixa os olhos. Lascas de tinta do teto sujam os degraus.

A escadaria, um dia uma confecção coberta de luz, parece sombria. Em março, a explosão de uma bomba estilhaçou todas as janelas, e elas estão cobertas de compensado. Os espelhos estão embaçados de umidade, e o dourado dos corrimões está fosco e começou a descascar, expondo o metal enferrujado por baixo. Marina nota que as nuvens olímpicas pintadas acima estão quase negras.

Quando ela volta a falar, sua voz está mais suave e menos confiante:

AS MADONAS DE LENINGRADO

— Tanta coisa mudou com a guerra.

Seus olhos viajam de um rosto a outro. Eles aguardam com expectativa.

— Posso mostrar a vocês o que ainda está aqui, mas terão que usar a imaginação para ver as salas como elas eram antes. Essa escadaria era tão magnífica. — Ela bate na balaustrada de mármore. — Era como uma escadaria de conto de fadas. Lembram-se de quando Zolushka deixou cair seu sapatinho de cristal ao sair do baile? Esta não parece a escadaria onde isso poderia ter acontecido? E no teto... — Ela aponta para o alto. — Bem, está muito escuro, mas, se olharem bem, talvez consigam distinguir alguns dos deuses e deusas gregas nos observando lá de cima. — Os rapazes olham para a escuridão acima deles e, apertando os olhos, tentam decifrar as figuras.

— Podem vê-los? — Ela aponta. — Bem ali está Zeus com seus relâmpagos. Não?

Imediatamente ela inventa um novo tour para os rapazes e seus professores, começando pelo que resta do desnudado museu.

— Sigam-me e se mantenham próximos de mim ou do capitão. É traiçoeiro no escuro se não se souber o caminho.

Ela os conduz até a Galeria Rastrelli, um dia uma composição de arcos e luz, agora um labirinto escuro com caixotes empilhados até o alto, a arte destinada ao terceiro trem que nunca deixou a cidade no começo da guerra. Eles viram à esquerda no Saguão de Arte Egípcia, passando entre imponentes sarcófagos de granito preto, e de lá descem escadas de serviço estreitas até um porão.

— Cuidado com os degraus. Este é o depósito do estatuário da Europa Ocidental — anuncia ela. Ela ergue a lanterna para revelar uma sala de teto baixo cheia de anjos e ninfas de mármore, senadores romanos e rainhas. — Foram trazidos aqui

233

para baixo para estarem a salvo das bombas. — As estátuas estão dispostas em fileiras voltadas na mesma direção, torsos inteiros em pedestais no fundo, bustos na frente. Uma jovem pensativa, com a mão no rosto, está sentada ao lado de um herói de guerra numa pose galante; o busto de um belo romano olha acima da cabeça de uma jovem donzela. Um sátiro de bruços descansa na fila da frente. Na luz sibilante da lanterna de querosene, eles parecem uma plateia num cinema, assistindo a um filme mudo.

Os garotos se revezam para entrar na pequena sala e olhar as estátuas.

— Quem é aquela na segunda fila? — ela os testa.

— Catarina, a Grande — respondem num coro.

— E lá está Afrodite. E o Cupido.

Eles atravessam por baixo do Jardim Suspenso até o prédio do Novo Hermitage, onde ela os reúne em semicírculo sob a beirada de um vaso colossal que domina o centro da sala. A borda do vaso paira muito acima de suas cabeças.

— Este vaso é chamado de Kolyvan. É feito de jaspe verde e é geralmente considerado o mais belo exemplo da escultura russa em pedra. Os artesãos das Obras de Lapidação Kolyvan o criaram especificamente para uma sala do andar superior, mas ele é feito de 19 toneladas de jaspe, e temeram que fosse pesado demais para ficar lá em cima. "Talvez devêssemos simplesmente deixá-lo aqui", resolveram. Durante toda a primavera, ele foi enchendo de água dos vazamentos, e a cada poucos dias os funcionários daqui precisam subir uma escada e esvaziá-lo com baldes. Mas estamos pensando em transformá-lo numa enorme piscina para os pássaros — brinca ela.

Os garotos a fitam de olhos solenes e assentem como se fosse uma solução razoável.

Estão todos muito sérios, até os mais novos. A princípio Marina se pergunta se estão entediados, mas eles não estão inquietos, ou cochichando ou se socando sub-repticiamente nos ombros como garotos fazem. Quando Marina fala com eles, escutam atentamente, absorvendo tudo com seus olhos fundos e redondos. Em suas jovens vidas, já viram tanto, e isso deu a eles um comportamento lento e assombrado. Mesmo assim, nunca viram nada como isso. Seus olhos se arregalam a cada nova descoberta.

Eles a seguem pelo escuro Saguão de Júpiter, lotado de centenas de vasos feitos de metais e pedras preciosas e presididos pela gigantesca estátua de ouro e mármore de Júpiter. É como estar no fundo do mar, com uma luz suave passando por algumas tábuas quebradas logo abaixo do teto e refletindo nas paredes de pedra verdes.

— As paredes são de mármore artificial, feitas por um processo especial que mistura pó de mármore, concreto e tintas. Cada uma das salas aqui tem paredes de cores diferentes: aqui, cor-de-rosa... — Ela gesticula ao passar pelo Antigo Pátio — E aqui, no Saguão de Dionísio, é coral. Esta é uma sala maravilhosa. Acho que é como estar dentro do ventre de sua mãe, muito vermelho, escuro e seguro. — Querem ver mais?

Os rapazes confirmam com a cabeça, mudos, mas ansiosos.

O capitão, um homem mais velho num casaco comprido de gola de pele, se manifesta:

— Você é muito generosa, camarada, mas não queremos cansá-la demais na sua condição.

Ela assegura a todos que não está nem um pouco cansada e, incrivelmente, está dizendo a verdade. Marina sente como se pudesse fazer seu tour por cada uma das salas do museu, se eles quisessem segui-la. Há tanta coisa que quer mostrar a eles. Então ela os conduz pela escadaria principal até a galeria de quadros no primeiro andar, erguendo alto a lanterna para orientá-los. Seus passos ecoam nos assoalhos de madeira. Fileiras de molduras douradas empoeiradas traçam as paredes desertas.

— Esta é minha parte favorita do museu, embora pareça difícil entender por quê. Daqui em diante, precisarão confiar totalmente nas suas imaginações.

Ela os leva para o Salão Rubens e para diante de uma moldura vazia. Os garotos parecem perplexos. Inspirando profundamente, ela convoca a imagem em silêncio. Gradualmente, um retrato se forma para ela dentro da moldura. É o retrato de Rubens de Andrômeda sendo resgatada pelo guerreiro Perseu. Um maravilhoso cavalo alado surge lentamente na parede verde vazia dentro da moldura. Então a cabeça decapitada da górgona e a boca aberta do monstro marinho em segundo plano. Isso vai atrair os garotos, concluiu.

Ela começa a rascunhar a pintura para eles. Começando pela borda esquerda, ela descreve a bela princesa com uma das mãos cobrindo timidamente suas partes íntimas, os olhos voltados para baixo diante do apaixonado Perseu.

— É uma princesa que estava prestes a ser sacrificada para um monstro marinho. Perseu por acaso passava voando sobre o mar em seu cavalo alado... ele tinha matado a malvada górgona, cuja cabeça está empalada em seu escudo aqui. A cabeça ainda tem vida e o rosto está apavorado. — Ela faz uma careta horrível. — Então Perseu olhou para baixo, e viu a bela Andrômeda acorrentada a uma pedra, e imediatamente se apaixonou. Ele desceu do céu e a resgatou matando o monstro marinho. Aqui, na parte de baixo da pintura, está o monstro morto. Ele é verde e muito feio, e seus olhos estão esbugalhados.

Enquanto ela fala, nota que um dos rapazes em particular está transfixado, e seu rosto começa a ficar vermelho. Ela se sente estimulada. Pede a eles que imaginem o anjo colocando um coroa de flores na cabeça do herói e o pequeno querubim que está na cena. Eles estão envolvendo com roupas a modesta jovem e segurando as rédeas de Pégaso, o cavalo alado.

— Este pequeno querubim parece estar com medo de ser pisado. Pégaso é um cavalo tão animado. Sua carne é lisa e trêmula, e seus cascos estão levantando do chão. Ele tem enormes asas brancas e elas estão prontas para alçar voo. A qualquer momento ele vai decolar rumo ao céu. Você simplesmente pode sentir isso. Na verdade, tudo na pintura está se movendo. Você quase sente que, se desse as costas e voltasse a olhar para ela, ela estaria diferente — continua ela, mas, enquanto se afasta, percebe que um dos mais jovens ficou para trás. Ele balança a cabeça para frente e para trás como se pudesse captar alguma coisa se fosse rápido o suficiente.

Ela pula algumas molduras e levanta sua lanterna.

— Este é o lugar onde ficava pendurada a pintura *Baco*. Alguém sabe quem ele era?

Um garoto responde que ele era o deus romano do vinho.

— Sim, é isso mesmo. Então esta é uma pintura sobre bebida. Baco está segurando uma enorme taça de ouro, que está sendo enchida por uma de suas bacantes. As bacantes eram suas acompanhantes mulheres. E exatamente abaixo da taça está um jovem cupido capturando o vinho derramado com a boca, e um outro aqui está urinando. — Ela nota um garoto prender um sorrisinho. — Aqui está Pan, e ele está despejando um rio de vinho em sua boca aberta. Eles estão todos bastante embriagados. Olhem, até o leopardo está bêbado. — Ela se corrige: — Na pintura, há um leopardo bem aqui debaixo do pé de Baco, e ele está mastigando uma videira como um gatinho bêbado.

"Agora vejam, geralmente Baco era retratado como um jovem esbelto e belo, mas aqui Rubens o mostra como bem gordo. Imaginem um homem bem gordo e nu com banhas na barriga enorme. Isso foi pintado no final da vida de Rubens, quando ele estava tão doente de gota que mal conseguia segurar um pincel."

Os garotos se entreolham.

— Com licença, camarada... o que é gota?

É claro que aqueles garotos nunca ouviram falar de algo do tipo.

— É uma doença da burguesia decadente, causada por indulgência demais de boa comida e vinho. Catarina, a Grande, também tinha gota. Faz com que as extremidades fiquem inchadas e dolorosas. Aqui Rubens também deu gota a Baco. Ele está sentado num casco de vinho porque seus dedos do pé estão inchados demais para que ele possa ficar de pé.

Um dos garotos levanta a mão e pergunta:

— Sua camarada mulher também está nua?

— Bem, não — responde Marina, mantendo o rosto sério. — Ela tem apenas um seio exposto, mas é uma pergunta esperta, porque as mulheres de Rubens frequentemente estão despidas. Ela era o mestre incontestável em pintar pele e fazê-la parecer real, e por isso era famoso por seus nus.

— Elas são bonitas? — pergunta um deles.

— Eu as acho bem bonitas.

AS MADONAS DE LENINGRADO

Ao prosseguir pelo corredor, aponta Vênus e Cibele, e os rapazes se concentram intensamente, como se quisessem que as mulheres nuas aparecessem.

Na sala ao lado, ela para diante de mais uma moldura vazia.

— Ah, gosto muito desta aqui. Chama-se *São Lucas Desenhando a Virgem*. Havia tantas pinturas da madona no museu, mas esta é particularmente brilhante porque não é tanto sobre a madona, mais sim sobre o artista e a arte em si.

"As pessoas que encomendaram a obra a van der Weyden queriam uma pintura oficial para seu grêmio, que era como uma união. Eles disseram: 'Pinte para nós um quadro com a madona.' Então, aqui à esquerda, segurando seu filho, está Maria." — Marina descreve uma mulher usando um vestido escuro bem simples, muito parecido em termos de cor com o fundo escuro.

— Mas o artista não queria apenas pintar mais uma madona, porque esse era um tema tão comum, então ele inteligentemente se incluiu na pintura, disfarçado de São Lucas, o santo patrono dos artistas. Um santo patrono é a pessoa morta a quem os crentes rezavam pedindo ajuda. — Com a mão, ela esboça o espaço à direita que a figura ocupava. — Ele está bem aqui, segurando uma pequena tela e um pincel. Mas van der Weyden não só se incluiu na pintura, como também está vestido de vermelho vivo da cabeça aos pés. Então nosso olhar é atraído para ele em vez de para Maria.

E, em seguida, nosso olhar vem para cá, para o centro do quadro. Estão vendo essas duas figuras menores em segundo plano? — Ela se surpreende ao perceber que está apontando para um espaço em branco, mas os garotos e seus professores estão todos completamente focados no ponto para o qual ela dirigiu sua atenção. — Há duas pessoas, um homem e uma mulher. Eles estão em pé do lado de fora, além do estúdio no qual o artista pinta sua modelo, e estão olhando para longe do observador, em direção à paisagem adiante. Estão posicionados entre dois pilares escuros que se abrem para uma paisagem cheia de luz. Nossos olhos seguem os deles até a visão do rio tranquilo. Ele faz um ziguezague por uma bonita cidade medieval até esse horizonte muito suave e luminoso.

Ela fica impressionada com a visão e não diz mais nada por um momento. Todos encaram a parede em silêncio.

— Então — retoma ela —, o artista estava nos dizendo que isso não é realmente sobre a madona. O milagre verdadeiro é a própria pintura, que nos eleva e nos transporta para esse mundo mágico.

E assim ela volta a caminhar, retrocedendo pelas salas.

— Tenho mais uma coisa maravilhosa para mostrar a vocês — promete. Ela os guia rapidamente para o Salão Snyders vazio, rememorando-o e, em seguida, rejeitando relutantemente tela após tela. Elas são maravilhosas; enormes cenas em mercados, repletas de embriagantes pilhas de peixes e cestas de alimentos, mas seria cruel descrever essas imagens para garotos famintos. Da mesma forma, ela pula as molduras que continham as naturezas-mortas de Jan Fyt, com seus arranjos artísticos de veados mortos e frutas lustrosas.

Eles passam por uma passagem escura iluminada apenas pela lâmpada de querosene de Marina. No começo da guerra, as lógias de Rafael, uma galeria de vidro com afrescos refinadamente detalhados cobrindo toda superfície, foram tampadas por dentro e enchidos de sacos de areia até o alto das janelas. Os afrescos foram deixados no lugar. No entanto, e conforme avançam o túnel escuro, imagens fantásticas surgem das

AS MADONAS DE LENINGRADO

sombras, vacilando sob a luz fraca e recuando novamente. Esquilos pintados escalam colunas decoradas com elaborados pergaminhos de folhas de carvalho. Atletas gregos fazem poses em medalhões nas paredes.

— Esta lógia tem quinhentos anos. É uma cópia exata da original do Vaticano, que foi pintada por Rafael e seus discípulos. Esse estilo de ornamentação foi visto na Roma Clássica e era chamado de grotescos.

Toda superfície está coberta de animais e frutas, com criaturas reais e imaginárias — um porco-espinho, um corvo, um unicórnio e um sátiro, cabeças de leões e montarias e anjos alados — uma enciclopédia ilustrada do mundo. A luz da lâmpada cintila nos espelhos escurecidos pela água, e ao passarem, suas próprias imagens saltam de volta sobre eles. Acima, numa sucessão de abóbadas, pairam cenas de escuridão marítima da Bíblia.

Ao final da lógia, eles dão em mais um salão vazio. Ela os organiza em semicírculo em volta do primeiro de uma série de painéis independentes.

— Este é o local que exibia uma das pinturas mais valorizadas de toda a coleção do Hermitage. Chama *A Sagrada Família*, e foi pintada por Rafael.

Marina observa o painel.

— Não sei se conseguirei fazer justiça à obra. É uma pintura tão fascinante porque Rafael pegou esses personagens míticos, a Virgem Maria, José e o Menino Jesus, e os reconstruiu como pessoas de verdade, uma família de verdade. Se fossem reais, não seriam dourados e perfeitos. E então o que ele apresentou foi este pequeno retrato de família um tanto melancólico. De um lado — diz ela, apontando — temos Maria. Ela é bela, mas muito distante e desatenta. E separado dela, bem aqui, está José.

241

Ele é bem mais velho que Maria. Está apoiado numa bengala e parece quase frágil. Entre os dois — Marina aponta para o centro exato do espaço em branco —, no colo da mãe, está o Menino Jesus. É um filhinho de mamãe. Está olhando para José com medo e seus braços estão estendidos na direção de sua mãe. A expressão de José, penso eu, é uma de resignada decepção, um pai cujo filho o rejeita pela mãe.

Os rapazes estão encarando o espaço vazio, seus olhos desfocados e sonhadores.

— Eles têm halos — murmura um rapaz mais velho.

— Ora, ora, sim, eles têm — responde Marina, um pouco surpresa. — Já esteve aqui antes?

O garoto baixa os olhos para o chão.

— Não, camarada. É só que... — Ele aponta para o espaço emoldurado, incapaz de concluir sua frase.

Marina fica intrigada mas continua.

— Geralmente não se nota os halos à primeira vista, mas eles estão ali, finos como cordas de piano. É quase como se Rafael dissesse que o que os diferencia de qualquer outra família é quase invisível. Eles poderiam ser nós.

Ela os leva até mais um painel, este bastante ornado e dourado como o arco proscênio de um velho teatro. Não há nada no centro do palco a não ser um quadrado escurecido de tinta.

— Agora aqui ficava a *Madona Conestabile*, de Rafael. A *Madona Conestabile* foi uma entre apenas três pinturas que foram embaladas em suas molduras. Azar o nosso, porque a moldura em si era bem bonita e elaborada. — Ela descreve a moldura e prossegue até chegar à tela redonda no meio. — Tudo na pintura foi organizado de modo a caber dentro do círculo. A cabeça da madona está ligeiramente inclinada. — Marina demonstra baixando ligeiramente o queixo. — E a margem do lago e as montanhas distantes se curvam para o centro.

Ela vê uma coisa que havia escapado de sua atenção antes. É bem sutil, mas parece haver mais um rosto pairando no céu bem à esquerda da Virgem.

Ela descreve a madona diante dela, como é pequena, como suas cores são delicadas, sua postura formal e ereta, o modo com que seus olhos de pálpebras pesadas estão distantes e tranquilos. E a maneira como a criança parece estar lendo o livro de preces aberto nas mãos de Maria.

— É claro, a explicação lógica é que ele foi simplesmente atraído pelo livro, como às vezes são as crianças de colo. Mas os contemporâneos de Rafael teriam enxergado outra coisa. Eles teriam visto um milagre.

Logo rente à beirada esquerda da moldura, há o leve contorno de mais uma criança, uma criança que não está no Conestabile. É como ter visão dupla, como se sua memória estivesse embaçando. Marina lembra de seus professores na escola descrevendo um fenômeno chamado pentimento. Pintores indigentes às vezes reutilizavam telas, cobrindo pinturas inferiores com uma camada de pigmento e, em seguida, pintando uma imagem novinha em folha. Com o tempo, conforme os óleos envelheciam, a imagem antiga podia aparecer como um fantasma por trás da nova. Um olho surgia por entre as dobras da saia de uma mulher, um pedaço de fruta pairava num céu azul sem nuvens. Marina se pergunta se seria possível que Rafael tivesse usado essa tela antes de pintar a Conestabile.

Uma segunda madona está entrando em foco, e então há três crianças fantasmas se sobrepondo umas às outras, uma delas segurando dois gravetos amarrados em forma de cruz. Com um choque, Marina compreende subitamente o que está vendo. É a Madona de Alba de Rafael, aquela que desapareceu, exatamente como Anya descreveu. Ela estica o braço para tocar na tela, mas não há nada ali, apenas o painel.

Ela vira para os rapazes, com o rosto radiante.

— Podem ver? — pergunta a eles. Além deles, ela pode ver outras pinturas nos salões das claraboias. Sua visão está sendo preenchida de cor e imagens.

Ela atravessa uma porta, acenando sem fôlego para que a sigam. O corredor é tão cavernoso que a luz da lâmpada não alcança a outra extremidade. Acima, o teto abobadado retrocede até ficar preto. Da escuridão vem o gotejar constante de água caindo sobre água, cada gota ecoando no abismo. Exceto pelas enormes molduras alinhadas nas paredes, o vasto salão está vazio.

— Olhem para cá. — Ela detalha para eles uma cena dramática, três mulheres surpresas numa tumba aberta por um anjo. Então ela descreve mais uma obra, essa mostrando a Virgem sendo erguida ao céu. E em seguida mais uma, a conversão de Saulo. Conforme ela fala, imagens aparecem dentro das gigantescas molduras. As pinturas são ferozes, com céus tempestuosos e emoções elétricas. Conforme os gestos de Marina pintam as cenas, a lanterna vacila, lançando frenéticos feixes de luz pelas paredes. Figuras surgem das sombras, suas vestes girando, suas mãos erguidas em admiração.

— Tudo isso é de vocês, camaradas. Podem ver? — Ela está extasiada. Sua voz treme ao falar, mas seus olhos estão acesos e calmos. — É tudo de vocês.

Jatos de tinta deslumbrantes jorram da escuridão e se transformam em imagens — pinturas que ficavam penduradas em outros pontos do museu, pintura das quais Marina se lembra e outras das quais só ouviu falar. A sala está se enchendo de mulheres, de crianças, de santos e deusas, e os garotos estão cochichando uns com os outros. Eles apontam para as molduras nas paredes, para as pinturas ilustrando os balanços da lâmpada. O capitão está chorando. Ele está encarando a parede, secando os olhos.

— Vejam — diz ele para ninguém em particular. — Já viram algo tão belo? — Ele aponta para um lugar na parede na altura de seus olhos. É a Madona de Giampetrino, e ela está olhando diretamente de volta para eles.

Muitos anos depois, quando o corpo de Marina está finalmente desacelerando, Helen não sentirá dor, apenas um desapego silencioso, como se estivesse esperando um ônibus — ele está atrasado e ela cansada, mas não precisa estar em lugar nenhum, o transporte vai chegar quando chegar. Helen, Andrei, Naureen e os netos há muito disseram adeus, e a própria Marina partiu, embora ninguém consiga dizer exatamente quando isso aconteceu, apenas que, em algum momento, ela não estava mais lá. Está tudo acabado, exceto a espera.

Enquanto ela aguarda, sentada ao lado do leito da mãe, ouvindo o chiado rouco de sua respiração, Helen termina mais um desenho dela, algo que ela faz periodicamente para passar o tempo. Um dia ela pensou que poderia descobrir uma chave para sua mãe se apenas conseguisse acertar sua imagem, mas desde então ela aprendeu que os mistérios de outra pessoa apenas se aprofundam quanto mais alguém observa.

Da última vez em que a desenhou, sua mãe ainda falava ocasionalmente. Ela pedira para ver o que Helen estava desenhando e, quando Helen mostrou o bloco de papel, Marina olhara seu retrato e não se reconheceu. Isso não tinha nada a ver com as habilidades artísticas de Helen. Àquela altura, Marina também não sabia mais quem era Helen. Ela a chamava de Nadezhda. Andrei também perdera sua identidade como seu filho e se tornara outra pessoa, um pretendente imaginário com quem ela flertava descaradamente. Apenas velhas fotografias dela e de Dmitri despertavam algum reconhecimento. Helen fora até a cômoda e pegara a fotografia craquelada de Marina tirada na Rússia, e mostrara a ela.

Marina a examinou demorada e intensamente, seu rosto era uma máscara de concentração.

— Ela tem um ar familiar — comentou com Helen. — Você a conhece?

— Na verdade, não. Talvez você pudesse me contar a respeito dela.

— Acho que ela era uma das madonas — explica Marina. — Mas não posso dizer com certeza. Eram tantas.

É tentador enxergar algum significado onde pode não haver nenhum. Frequentemente, os comentários que Marina fazia sem expressão facial pareceram carregar a verdade pesada de narrativas zen, e a família os repete, buscando possíveis significados e dispensando em seguida sua própria credulidade. No entanto, sempre há o desejo de acreditar.

Houve a manhã em Drake Island quando o reparador de telhados de rabo de cavalo encontrou Marina encolhida na lareira de uma mansão em construção em Channel Bluff. Era segunda de manhã, e ela estava desaparecida havia quase trinta horas.

Conforme descreveu o jovem mais tarde, a princípio pensou que Marina estivesse morta. Ela parecia um fantasma de filme de terror, contou ele, com o rosto acinzentado e vestindo uma camisola de algodão suja. Mas quando ele cutucou o ombro dela, seus olhos abriram e ela começou a balbuciar. Ele achou que ela podia ter tido um derrame, mas depois percebeu que ela estava falando uma língua estrangeira. Ele falou alguma coisa em espanhol — meio que uma burrice, admitiu, mas ele entrara em pânico e era a única língua estrangeira que conhecia — e fez uma mímica para que ela ficasse onde estava até ele correr de volta para sua caminhonete e pedir ajuda pelo celular. Ele ouvira falar sobre a senhorinha que se perdera no final de semana, e imaginou que devia ser ela. Não era todo dia que se deparava com uma senhora de camisola, explicou. Então ligou para o delegado, pegou uma camisa de flanela no banco de trás da caminhonete e uma garrafa térmica de chá. Ele vestiu os braços dela na camisa e a ajudou a beber um pouco de chá, e ela pareceu um pouco melhor, meio aérea, mas sorridente. Ela começou a olhar ao redor e a apontar, primeiro numa direção, depois na outra, e a dizer alguma coisa. Ele olhou, mas não havia nada para ver, apenas tratores e vigas, o esqueleto da casa, e as árvores além dela. O jovem deu de ombros, dizendo *No comprende*, mas ela insistiu, repetindo algumas palavras várias vezes. Ela levantou e, apoiada no braço dele, começou a meio que guiá-lo pelo perímetro da sala, parando a cada dois metros e apontando. Ele lembrou que ficou preocupado por ela estar descalça e haver pregos e farpas de madeira espalhados pelo chão.

— Cuidado — alertou, e Marina assentiu, com os olhos acesos.

— Olha — disse ela.

— Olhar?

— Olha — repetiu ela, apontando. — É lindo, não?

— O que era lindo? — perguntara Helen ao jovem, intrigada.

— Tudo, cara. É isso que foi tão incrível. Há uma vista matadora dos estreitos, mas ela estava apontando para tudo, sabe, uma árvore morta nos fundos, e umas frestas de luz do sol entrando pelo telhado da garagem. — Nesse momento, a expressão no rosto do jovem se tornara muito séria. — Era como se ela estivesse dizendo que tudo era lindo.

O médico explicou que Marina estava em choque, mas Helen sempre preferiu a explicação do jovem.

— Você tinha que ter estado lá — insistiu ele. — Ela estava me mostrando o mundo.

AGRADECIMENTOS

Muitas pessoas contribuíram para levar este livro adiante. O romance de uma vida inteira de meus avós e a jornada deles com o Alzheimer forneceram a inspiração inicial. Minha gratidão também vai para Clifford Paul Fetters, meu primeiro e melhor leitor, cuja fé nunca foi abalada, e para meus pais, Beverly Taylor e Ed Dean, pelo amor e suporte financeiro. Obrigada a Stuart Gibson e aos guias e pesquisadores do Museu Estadual do Hermitage, que tão graciosamente responderam às minhas intermináveis perguntas; a Eric Kinzel e Yekaterina Roslova-Kinzel pelos conselhos sobre coisas russas; a Cynthia White, Susan Rich e Linda Wendling, por suas leituras generosas; a Mark Elliot pela informação sobre repatriação soviética; ao delegado Bill Cumming e subdelegado John Zerby do condado de San Juan por conselhos sobre buscas e resgates. O Memorial de Homenagem Póstuma Barbara Deming contribuiu com um financiamento e um voto de confiança exatamente quando eu precisava. Sou profundamente grata a Claire Wachtel e às pessoas da William Morrow por seu entusiasmo, e mais especialmente aos agentes Marly Rusoff e Michael Radulescu por deliberar com o coração. Finalmente, ao povo de São Petersburgo, Rússia: é minha humilde intenção que este livro honre sua grande história.

NOTA DA AUTORA

Por mais que os personagens desta história sejam fictícios, os eventos dos tempos de guerra foram retirados de registros históricos. Leitores interessados em saber mais sobre o cerco a Leningrado podem querer ler *The 900 Days: The Siege of Leningrad*, de Harrison E. Salisbury; *The Ordeal of the Hermitage*, de S. P. Varshavskii; e *Writing the Siege of Leningrad: Women's Diaries, Memoirs, and Documentary Prose*, de Cynthia Simmons e Nina Perlina. O Museu Estadual do Hermitage também tem um site muito informativo (www.hermitage-museum.org) que fornece história, reproduções digitais da coleção, e vistas panorâmicas de diversos salões do museu.

EDITORA
Alice Mello

COPIDESQUE
Ana Paula Martini

REVISÃO
Victor Almeida

DIAGRAMAÇÃO
Abreu's System

CAPA
Túlio Cerquize

Este livro foi impresso em São Paulo, em 2018,
pela Santa Marta, para a HarperCollins Brasil.
A fonte usada no miolo é Granjon LT Std, corpo 11,75/15,1.
O papel do miolo é Pólen soft 80g/m^2, e o da capa é cartão 250g/m^2.